JN137159

小林秀雄、吉本隆明、福田恆存——日本人の「断絶」を乗り越える

浜崎洋介
Yosuke Hamasaki

ビジネス社

はじめに

この本の性格と、その趣旨を紹介するには、この本が企画された経緯から説明しておくのが一番分かりやすいかと思います。

まずこの本は、1講義10分で視聴できるインターネット教養講座「テンミニッツTV」の内容を纏(まと)めた「講義録」として編まれています。はじめ、編集者の方からこの企画を頂いたときは、「今では、だいぶ読まれなくなってしまった文芸批評だが、代表的な文芸批評家を何人か取り上げて、その言葉を現代に甦らせる講義（10分×7回くらい）を作ることはできないだろうか？」といったような話だったと記憶しています。

当初は、私が専門にしている小林秀雄と福田恆存で講義を作ろうかと考えていたのですが、編集者とのやりとりのなかで、突如浮上してきたのが吉本隆明の名前でした。しかし、それなら確かに、これまで「文芸批評」が担ってきた課題のようなもの——時代の「分断」を乗り越えること——を語ることができるのと同時に、左右のイデオロギー的な「分断」をも乗り越えるような話ができるのではないかと考えた私は、まずは、「小林秀雄と吉本隆明—『断絶』を乗り越える」と題して、10分×7回の講義を作ることにしました。

しかし、いざ講義を終えてみると、やはり、90分程度の時間では、結論部分が尻切れトンボになってしまい、小林秀雄と吉本隆明をつなぐ「自然」の概念を深く掘り下げることができなかったのではないかという憾(うら)みが残りました。そこで、編集者とも相談の上、改めて「福田恆存とオルテガ、ロレンス—現代と幸福」と題した10分×8回の講義を作り、それによって前半で話題にした「自然」概念を補足することにしたのでした。

その点、この本が、前半と後半で、少し色合いが違っていること——前半は「批評」という営みに焦点が当たっていますが、後半は「自然」という概念に焦点が当たっています——、また、少々復習的な要素が多くなっていることも、この講義が作られた経緯に由っていると考えていただければと思います。が、それゆえにと言うべきか、全体を通して読んだとき、講義の振り返りも含めて、非常に丁寧な論運びができたのではないかと思っています。

もちろん、講義には、講義ならではの限界と、それゆえの長所があります。

先に「限界」の方を言っておけば、それは初めから本として書かれたものと比べて、どうしても正確さや網羅性を欠いてしまうところがあります。限られた時間のなかで語っている分——後から手を入れたとは言え——、大胆な省略や図式化が求められ、細かい情報を切り落とさざるをえなかった点については、予めお許しを願いたいと思います。

が、それはそのまま講義の「長所」でもあるでしょう。話しているときに思い浮かんだことを講義のなかに入れ込んでいく即興性や、些末な事実への拘泥(こうでい)を排した大胆な解釈、あるいは、意識的にコントロールし切れないがゆえに滲み出る著者の無意識など、そこには、やはり、原稿執筆とは違う特質が現れることになります。

その意味で言えば、本書は、おそらく今まで私が書いて来たもののなかでも最も分かりやすいものになったのではないかと思っています。以前に、『小林秀雄の「人生」論』(ＮＨＫ新書／2021年11月)という本を、口述筆記で書いたことがありますが——これも随分と分かりやすく書いたつもりですが——、それでも、口述筆記と講義録とではその性格が違います。

前者は、目で文字を読む読者に「言葉」を届けることを目的にしていますが、後者は、耳で講義を聴いている視聴者に「語り」かけることを目的にしています。つまり、読み返すことのできない講義の方が、ある種の厳密性を犠牲にしてでも、視聴者を飽きさせないためのリズムや、一度聞けば分かる平易さへの気遣いが求められるということです。

それが功を奏しているかどうかについては、改めて読者の皆さんの判断を仰がなければなりません。が、いずれにせよ、小林秀雄と吉本隆明と福田恆存の「批評」を展望しながら——そのほかに、江藤淳、柄谷行人、福田和也、東浩紀などの批評家にも軽く触れていますが——、それをここまでコンパクトに纏めて提示し、さらには、それを、今、目の前にある現代日本の問題に引きつけて語った本は、他にはないように思います。

近代日本における「文芸批評」の営みとは何だったのか、そして、そこで語られていた「自然」とは何だったのか、その理解が、皆さんのこれからの人生に寄与するようなことがあれば、それに越した喜びはありません。

最後になってしまいましたが、この講座の企画を立ち起こし、さらには文字起こしなどの労をとって下さったテンミニッツTVの川上達史さん、また、講義の書籍化の労を取って下さったビジネス社の中澤直樹さんに、この場を借りて、改めてお礼を申し上げます。

小林秀雄や吉本隆明や福田恆存の「言葉」が必要であると考える編集者がいたからこそ、この講義と、この本は存在しています。

では、早速講義の方に入っていきましょう。

2024年11月

浜崎洋介

CONTENTS

テンミニッツTV講義録④

小林秀雄、吉本隆明、福田恆存——日本人の「断絶」を乗り越える

はじめに …… 3

第1講

「断絶」を乗り越えるという主題

小林秀雄と吉本隆明の営為とプラグマティズムの格率

「文学者」がつくってきた近代日本社会 …… 14
戦前と戦後を代表する2大批評家の挑戦 …… 17
日本人の「自然な呼吸感」や「自信」を取り戻す思考 …… 19

第2講

なぜ「批評」は昭和初期に登場するのか

小林秀雄をより深く理解するための「近代日本小史」

近代日本が強いられた「和魂洋才」という矛盾 …… 24
大正から昭和にかけての激動で何が変わったか …… 27
不安を抱えた日本人に「批評」を示した小林秀雄 …… 31

第3講

デビュー論文「様々なる意匠」小林秀雄の試みと、「直観」の真意

小林秀雄の批評

「私には常に舞台より楽屋の方が面白い」 …… 36
直観を通じて社会と関わらせる独自の理論 …… 39
直感を豊かにするための「道」とは？ …… 43

第４講

吉本隆明の思想を凝縮した敗戦時20歳の回想「戦争と世代」

純粋戦中世代の葛藤――吉本隆明の「起点」

国体思想の崩壊と価値観の逆転に苦悩する世代 …… 48
「きれいごと」を語るだけの人々への嫌悪 …… 51
吉本隆明の思想の起点を示す「戦争と世代」 …… 55

第５講

なぜ吉本隆明は60年安保の時に進歩的知識人を批判したのか

吉本隆明の思想――大衆の原像と対幻想

初期吉本隆明――〈関係の絶対性〉のなかに見る「倫理」 …… 60
中期吉本隆明――進歩的知識人批判と〈大衆の原像〉 …… 64
後期吉本隆明――〈対幻想＝性＝生活〉から〈自然〉信仰へ …… 66

第６講

江藤淳と柄谷行人、1960年代に彼らが感じた焦燥感とは

小林・吉本以降の批評：江藤淳と柄谷行人

60年安保と高度経済成長の影響 …… 74
父性原理と母性原理の視点で捉えた江藤淳の批評 …… 77
「包括的な歴史概念」がどこにも存在しない …… 80
柄谷行人における「現実感」の喪失 …… 82

第７講

小林秀雄“最後の弟子”福田恆存の言葉と日本人の「自然」

あらためて問われる日本人の「自然」

個人の生き方の根拠は「包括的な歴史観」にある …… 86
グローバリズムの急拡大で加速した心の荒廃 …… 89

今だから再検討したい小林秀雄と吉本隆明の思想 …… 92

第8講
70年代以降の大衆化、根こそぎ変わった日本人の「自然観」
日本人の「自然観」の変質
「自然」とはいったい何か …… 98
日本人の自然観の変質の理由:憲法9条と高度経済成長 …… 99
根こそぎ変わった日本人の感覚 …… 102
〈大学=学問〉の大衆化——頭脳労働でズレていく自然への感覚 …… 104

第9講
『大衆の反逆』でオルテガが指摘した「大衆化」の問題とは
「大衆化」とは何か
オルテガが指摘した「大衆化」の問題 …… 108
「甘やかされた子どもの心理」が大衆の特徴 …… 110
自己満足と自己閉塞をしているだけで価値観は空っぽ …… 113
「無自覚な羊の群れ」——福田恆存の指摘 …… 114

第10講
「一匹と九十九匹と」…政治と文学の関係を問うた福田恆存
福田恆存とは誰か?
「孤独をどう乗り越えるか」が福田恆存の思想の原点 …… 120
下町育ちの「身体感覚」とシェイクスピアの親和性 …… 122
戦後まで続く苦労——そして文壇に躍り出る …… 124
政治と文学の関係を問うた「一匹と九十九匹と」 …… 125
批評から創作へ、文学から芸術へと舵を切った福田 …… 127
「人間論」の必要と、西洋近代文学の翻訳 …… 129

第11講

福田恆存の思想の根幹にあるロレンスの『黙示録論』とは

ロレンス『黙示録論』と人を愛する道

福田に多大な影響を与えたロレンスの『黙示録論』……132
ロレンスが批判したキリスト教の二つの側面……133
自然との一体化こそ、他者を愛する道……138

第12講

自由とは奴隷の思想ではないか…福田恆存の人間論とは

福田恆存の人間論——演戯と自然

自然をどのように見つけ出すのか……144
自然を摑むための芸術論への転回……144
「宿命」をこそ、人は求めている……145
宿命を手繰り寄せるための「演戯」……149
「死」という限界を与えている自然を信じる……151
〈後ろから自分を押してくる生の力＝自然〉を自覚する……155

第13講

宮本武蔵「我事に於て後悔せず」の真意と小林秀雄の自然観

日本人の「自然観」

福田恆存の自然論と小林秀雄の「砧木(だいぎ)の幹」……158
自然観とは内側から湧いてくるリアリティである……159
「空観」で真の自然に目覚めることが日本人の生き方……161
後悔を繰り返していては自身の宿命には辿り着けない……163

第14講

福田恆存「快楽と幸福」から読み解く日本人の流儀

幸福論へ——日本人の流儀に向けて

なぜ私たちは「自然」を見失い、自信を失くしたのか …… 170
中間共同体の溶解と「デジタル社会」の両刃の剣 …… 172
日本人を支える大いなる自然を「信じる」ことが幸福への道 …… 174

第1講

「断絶」を乗り越えるという主題

小林秀雄と吉本隆明の営為とプラグマティズムの格率

「文学者」がつくってきた近代日本社会

今回、テンミニッツTVで小林秀雄、吉本隆明、さらに福田恆存という近現代の日本を代表する文芸批評家について、お話を差し上げながら、「近代日本が直面していた課題」、そして「現代日本人の幸福とそれを支える自然観のあり方」について考えていきたいと思っています。

まず、第1講では、小林秀雄と吉本隆明（たかあき）という近代日本を代表する二人の文芸批評家を取り上げながら、「文学が社会で果たす役割」、あるいは、「なぜ文学が、われわれの歴史のなかで重要な位置づけをされてきたのか」について考えたいと思います。

小林秀雄
（明治35＝1902年～昭和58＝1983年）

では、小林秀雄と吉本隆明に共通する主題とは何だったのでしょうか？

政治的に「右」に位置づけられる小林秀雄と、政治的に「左」に位置づけられる吉本隆明ですが、結論から言うと、実は、二人とも、ある種の「断絶を乗り越える」という主題を持っていたように考えられます。

吉本隆明
（大正13＝1924年～平成24＝2012年）

ただ、いきなり「断絶を乗り越える」といっても、何が何だか分からないと思いますので、まず、近代日本で文学者が担っていた役割について、少し歴史的なお話をしておきたいと思います。

福田恆存
（大正元年＝1912年～平成6＝1994年）

「夏目漱石」や「森鷗外」や「芥川龍之介」などの文学者の名前は、誰もが聞いたことがあるでしょう。戦後で言えば、市ヶ谷の自衛隊基地で自決をした「三島由紀夫」や、ノーベル文学賞を受賞した「川端康成」や「大江健三郎」などの名前も、誰もが一度は耳にしたことがあるかと思います。

これが文芸批評家になると、その名前を耳にする機会はずっと少なくなりますが、それでも、後に東大総長になった「蓮實重彥（はすみしげひこ）」や、哲学のノーベル賞と言われる「バーグルエン哲学・文化賞」を受賞した「柄谷行人（からたにこうじん）」は、やはり大きな社会的影響力を持っていました。

しかし、そう言うと、「なぜ、社会科学者でもない、政治家でもない作家や文芸批評家が社会に大きな影響を与えたのか？」と疑問に思う人もいるかもしれません。

最初に答えを言ってしまえば、それは、欧米文化圏から輸入した「近代思想」というものをその身に引き受けながら、しかし文学者だけは、それを単なる学者のように知識として整理するだけではなく、そこに「日本語のリアリティ」を定着させようと努力してきたからだと、まずは言うことができるかと思います。

「近代文学」の概念自体は、もちろんヨーロッパからの輸入品ですが、彼らは、それを通して「自己表現」をしなければならなかったのです。西洋の言葉をそのまま翻訳しても、それを日本の歴史的文脈のなかに落とし込むことはできないし、翻訳語と、その概念も、日本語のなかに馴染（なじ）んでくれません。にもかかわらず、それをもって「自然な日本語」を作り出さなければならなかった人間、それが近代日本の文学者だったのです。

たとえば、われわれが普通に使っている「言文一致体」（口語をそのまま書き文字にして使っている文体）。これも、それが創り出されるまでには様々な苦闘の歴史がありました。ようやくそれらしいものが整ったのは、坪内逍遥の指導の下、二葉亭四迷が『浮雲』を書いた明治20年代前半だったと言われます。

逆に、それまではどうだったかというと、「話し言葉」と「書き言葉」は分かれていたのです。ですから、「書き言葉」を身に着けようと思えば、身分に応じた「型」の訓練が必要だったわけで、それが社会的振舞とその秩序を可能にしていたのです。が、明治維新以降、身分社会が解体されてしまってからは、この身分に応じた「型」の概念が、しっくりこなくなってしまいます。

たとえば、江戸の儒学や、武士道的な価値観を担っている言葉で、レンガ造りの銀座の街や人を描写したとしたらどうでしょうか。あるいは、落語に出てくる熊さん八つぁんの言葉（町人言葉）で、銀座のカフェで男女がおしゃべりする様子を描写したとしたらどうでしょうか。「似つかわしくない」というより以上に「不自然」な感覚が大きくなってしまわないでしょうか。

しかし、だからこそ近代化した社会を適切に描く言葉を作り出さなければならない、さもなければ、私たちの社会を私たちが把握することはできない……そう考えて、彼ら文学者は、自分たちの社会と人間とを描く言葉を作り出そうと努力したのでした。

言い換えれば、西洋からやってきた「文明」や、その「概念」を引き受けながら、それを日本語の自然な「生理」や「呼吸感」に着地させること、それが近代日本文学の使命だったのです。

しかし、逆に言えば、近代社会の価値基準（西洋的なもの）と、私たちの自然な呼吸感（日本語）とのあいだには、それほどのズレや摩擦があった（ある）ということでもあります。そのズレや摩擦、そして、その葛藤を乗り越えて、それらを、どう折り合わせていくべきなのか……、そのような課題を、まさに近代日本の文学者は担っていたと言っていいでしょう。

戦前と戦後を代表する2大批評家の挑戦

ところで、その課題については、すでに小林秀雄がはっきりと言葉にしていました。「〔近代人たれという〕要請を、文壇人は、学者のやうに、新知識の到来と気楽に受け取れなかつたし、又、政治家のやうに、これを行動にかまける事も出来なかつた。言つてみれば、近代的自我とは何かといふ問ひを、剝(む)き出しの感受性で迎へざるを得なかつた」（小林秀雄「正宗白鳥の作について」昭和58＝1983年、『小林秀雄全集別巻Ⅰ』新潮社、394～395ページ、〔　〕内引用者—以下同じ）と。

学者は、語学を学び、翻訳をし、西洋の新知識を輸入することに必死です。それによって「文明開化」と「殖産興業」が成るというのなら、その邪魔となるような疑いは捨てた方がいい。

政治家はどうなのかと言えば、彼らも彼らで、どうにかこの国が植民地にならないようにすることに必死です。「富国強兵」によって西洋列強に伍すること、そのためなら、西洋文明であろうと何であろうと採り入れられるものは採り入れて、自分たちの養分にしなければならない。政治家たちに、「自然な呼吸」をおもんぱかるだけの余裕がなかったとしても不思議ではありません。

しかし、文学者だけは、まさに、その輸入した西洋文明に対して、自分たちの「剝き出しの感性」で向き合い、それを自分の言葉で把握し、描写しなければならなかったのです。西洋の近代文明に適応せざるを得ないが、その一方で、自分にとっての「自然な呼吸」を捨てるわけにもいかない。そこに文学者たちの様々な「葛藤」と「苦しみ」のドラマが生まれることになります。

そして、その延長線上に、その「葛藤」と「苦しみ」を見つめ、それを反省する文芸批評というジャンルが拓かれ、さらには、そのような「文学」を通じて、日本人のあるべき姿、生き方を問い質(ただ)そうとする小林秀雄や吉本隆明などの文芸批評家が登場してくることになるのです。

ただし、これは先にも少し触れましたが、小林秀雄と吉本隆明のイメージは、全く違います。

もちろん、二人とも時代を代表する批評家なのですが、小林秀雄は、どちらかと言えば「戦前」の批評家であり、吉本隆明の方は「戦後」の批評家です。そして、小林秀雄は晩年に近づけば近づくほど「美の世界」、つまり、音楽や美術や古典の世界に隠遁(いんとん)していくイメージが強いのに比べ、吉本隆明の方は、生涯にわたって社会的発言を積極的にしていったというイメージが強い。

そして、「保守か、革新か」というような政治性も違っています。小林秀雄は「伝統」ということを語りましたから、どちらかといえば保守的なイメージが強いですが、対して吉本隆明は、たとえば60年安保闘争の際は全学連のシンパでもあったことからも分かるように、どちらかというと革新的なイメージが強い。

にもかかわらず、実のところ、この2人は、通じ合うところがあったのではないかと、私は考えています。その交点には、先述した「近代社会と自然との葛藤に折り合いをつけるという主題」があったのではないか……、それが、この講義の前半の主題ということになります——ちなみに、後半の講義では、ちょうど、小林秀雄と吉本隆明のあいだの世代に位置する福田恆存を介して、二人が語った「自然」という言葉について深く考えてみたいと思っています——。

つまり、近代日本が抱えている問題を、イデオロギーを超えた「文芸批評」の言葉において見届けながら、それを、「前近代」と「近代」、「戦前」と「戦後」、そして「右」と「左」との断絶を超克し、日本人の連続性を自覚し直すヒントにすること、それが本講義の課題だということです。

日本人の「自然な呼吸感」や「自信」を取り戻す思考

ところで、小林秀雄や吉本隆明から多大な影響を受けていた柄谷行人という文芸批評家が、高度経済成長がちょうど終わる頃、「心理を超えたものの影――小林秀雄と吉本隆明」（昭和47＝1972年）というユニークなエッセーを書いていました。本講義にとっても非常に重要な手掛かりとなる言葉ですが、引いておきましょう。

《日本の知識人が出身するのは、あれこれの社会的階級ではなく、「常民」ということばでしか名づけようのない部分からだということができる。したがって、「回帰」するのはそういう部分に対してであって、社会的階級や共同体に対してではない。〔中略〕小林秀雄や吉本隆明が回帰（還相）した位相は、たんに「家族」であるということができる。だが、その「家族」を抽象していくとき、「大衆の原像」が浮き出てくるのである。「国民の智慧」〔小林秀雄〕といい「大衆の原像」〔吉本隆明〕といい、はなはだ不明瞭なイメージであるが、それはむしろわれわれの「家族」のある特異性からきているというべきであろう》（柄谷行人「心理を超えたものの影――小林秀雄と吉本隆明」、柄谷行人『畏怖する人間』講談社文芸文庫所収、123ページ）

ここで重要なのは、小林秀雄と吉本隆明が、ある「特定の社会階級」や「特定の共同体」を擁護し、それに回帰したわけではないと言われている点です。本講義の文脈で言い換えれば、様々な「断絶」を乗り越えるために、彼らが回帰しようとしたのは、「常民」と呼ばれる日本人の「自然」、昔からある日本人の美意識や呼吸感に基づいた人間関係、つまり日本人の「家族」ではなかったのかと、柄谷行人は言うのです。

そのなかで育まれてきた「信頼感」や「素直さ」や「正直さ」こそが、私たちのなかにある様々な断絶や、それに伴う混乱を鎮め、その連続性を担保してきたものではないのか。一見、正反対に見える小林秀雄と吉本隆明ですが、二人の関係を繋ぐ糸のなかには、そのような日本人論が隠れているのではないかということです。

纏めておきましょう。小林秀雄の課題は、一言で言ってしまえば、「西洋近代と、近代以前の日本人の生き方との断絶を乗り越えること」でした。つまり、明治維新以降の「文明開化」に晒された日本人において、イデオロギーを超えた「日本人の呼吸感」を見出し、それを私たちの「伝統」として自覚すること。そしてそこに、改めて西洋文明を接続すること。言い換えれば、日本人の「砧木の幹」を自覚しつつ、そこに西洋文明を「接ぎ木」すること。これが文芸批評家である小林秀雄が担っていた仕事でした。

対して吉本隆明は、「戦前」の皇国教育を受けた純粋戦中世代であったこともあり、「戦後」における価値転換に強烈な断絶感を覚えていました。が、それゆえにこそ、彼の課題は、まず「戦前と戦後の断絶を乗り越えること」に見定められることになります。その連続性を、まさしくイデオロギーを超えた「大衆の原像」に見出すこと、ここに吉本隆明の思想は形づくられることになります。

その点、小林や吉本の営みは、語の正確な意味で、「プラグマティック」な性格を有していたと言えるかもしれません。

アメリカの哲学者のウィリアム・ジェイムズは、その著書『プラグマティズム』のなかで、「新しい真理とはつねに心の変遷過程の媒介者、調停者である。それは最小の動揺と最大の連続性を与えるようにして旧い意見を新しい事実に娶わせる」（桝田啓三郎訳、岩波文庫、50ページ）と書いていましたが、まさに、小林秀雄と吉本隆明が見つけだそうとしていたのも、ジェイムズの言う、この「新しい真理」だったのではないか、私は、そう考えています。

ウィリアム・ジェイムズ
（1842年～1910年）

たとえば、プラグマティズム以前の哲学（形而上学）は、ときに「超越的な神はいるのか、いないのか」「世界に終わりはあるのか、ないのか」など、答えの出しようのない「机上の空論」を論じていました。が、ウィリアム・ジェイムズは、"そのような経験不可能な理念的な議論はやめよう"と言うのです。そして、経験的な現実に足を下ろして、私たちを実際に（プラクティカルに）「幸福」にするような概念があるなら、それを「真理」と呼んでもいいのではないか、そして、これこそ「プラグマティズム」（実用主義・実際主義）の格率になるのではないか、そう言うのです。

では、私たちを実際に「幸福」にする状態とは何なのか？

それを、ジェイムズは「最小の動揺と最大の連続性」と言い換えていました。これは胸に手を当てて考えてみればすぐに分かることですが、私たちは、毎日毎日少しずつ変化しながら生きています。が、その変化が激しすぎると、つまり、日々の変化が、断絶にまで至ってしまうと「動揺」が生まれてしまいます。だから、その断絶を鎮めながら――たとえば、誰かが死んだときに、私たちは、その断絶感を乗り越える＝鎮めるために葬式を執り行いますが、まさにその意味で言えば、葬式はプラグマティックな実践です――、過去・現在・未来の変化のなかに「連続性」を見出そうとするのです。つまり、断絶による「動揺」を最小化しながら、そこに最大の「連続性」を見出すこと、そのバランス感覚のなかに、私たちは私たち自身のアイデンティティを守り、そこに私たちの「幸福」を見出してきたのだということです。

そう考えると、まさに小林秀雄や吉本隆明の営みの意味もはっきりしてきます。日本人の「最小の動揺と最大の連続性」が奈辺にあるかを探究し、それを私たち日本人の「幸福論」の根底に据えること。これが、かれらの批評のモチーフだったのです。

前近代から近代、あるいは、戦前から戦後へと流れていく「われわれ日本人の連続性」を言葉として捉え直し、そこに、私たちの「幸福」や「自信」の手触りを甦らせること、それが、小林秀雄と吉本隆明の批評だった、とまずは言えるかと思います。

第2講

なぜ「批評」は昭和初期に登場するのか

小林秀雄をより深く理解するための「近代日本小史」

近代日本が強いられた「和魂洋才」という矛盾

では、二人の批評家について具体的に見ていきましょう。

まず、第2講では「小林秀雄とその時代」について確認しておきたいと思います。

小林秀雄は「近代批評の祖」あるいは「近代文芸批評の父」などと言われることが多いのですが、まず注目すべきなのは、彼が、近代日本が始まった明治ではなく、昭和初年代という危機の時代に登場してきたという事実です。

第１講で二葉亭四迷に言及しましたが、彼は明治20年代に「言文一致」を試み、日本の「近代小説の父」になりました。が、一方で、小林秀雄は「近代批評の祖」といわれながら、その登場は、明治から遠く離れた昭和初期でした。

では、なぜ批評は昭和初期になって現れたのでしょうか？

実は、私は、これには重要な意味があったと考えています。ただ、その謎を解くには、大雑把にでも日本近代史を見ておく必要があります。簡単に、日本近代小史を復習しておきましょう。

二葉亭四迷
（元治元年＝1864年～明治42＝1909年）

まず確認しておきたいのは、明治維新までの流れです。薩摩藩や長州藩を中心として、幕末には「尊皇倒幕」思想があったことは、もう皆さんご存じだと思いますが、ここで重要なのは、明治維新に向かう運動が、「尊皇倒幕」思想からではなく、「尊皇攘夷」思想から始まっていたという事実です。「倒幕」ではなく「攘夷」、これは文

なぜ「批評」は昭和初期に登場するのか？―近代日本小史

薩長による尊皇倒幕思想：「日本の独立」を守るための「西洋近代化」というアイロニー（和魂・洋才という矛盾）

明治　天皇制(和魂の利用) ←→ 文明開化（洋才の展開）

〈一身独立して、一国独立す〉の伝統による支え
→〈和魂＝武士道のエートス〉の自己証明

〈文明開化＝資本主義〉によって掘り崩される共同体
→〈洋才＝近代物質文明＝エゴイズム〉の自己拡大

第一次大戦による戦争景気（バブル）

大正

「個」を支える倫理の淵源
福沢諭吉、新渡戸稲造、内村鑑三など
→大正で死に絶える武士のエートス

「死の思想」を忘れた「あれも・これも」へ
自然主義文学、白樺派、耽美派文学など
大正デモクラシー／大正教養主義の風靡

昭和戦前期　―「関東大震災」（大正12年9月）＋度重なる「恐慌」…→モダン都市東京と「伝統」の空洞化
「故郷喪失」（ハイマート・ロス）の問題―彷徨い始める〈個人たち＝大衆〉…→昭和恐慌とテロへ
→「ぼんやりとした不安」による芥川龍之介の自殺（昭和2年7月）／革新官僚による改革熱とポピュリズム

新感覚派の流行（大正末～昭和2年）／マルクス主義の風靡（昭和2年～8年）／「昭和維新」の空気
改めて、〈日本人の内的感覚〉に〈近代〉を接ぎ木する必要…→危機の時代と小林秀雄の登場（1929年＝昭和4年）

字どおり、当時日本に開国を迫る諸外国（西洋列強諸国）を打ち払おうとする思想ですが、これが、薩英戦争における薩摩の敗北と、下関戦争における長州の敗北を機に転換していくことになります。要するに、西欧に負けた薩長両藩は、「攘夷をするには力不足なので、“倒幕”によって開国と文明開化（＝近代化）を果たし、日本の独立と富国強兵を導いた後に“攘夷”をする」という方向に舵を切るのです。“日本の独立を守るための西洋近代化”、これが彼らが考えていた戦略でした。

しかし、これは非常にアイロニカルな戦略ではないでしょうか。「日本」の独立のためには、「西洋化」を方法とせざるを得ない……、この矛盾に満ちた状況を、当時は「和魂洋才」（佐久間象山）と呼びながら、何とかバランスを取ろうと努力していましたが、果たして、「和魂」と「洋才」とは、そんなに綺麗に接続するものなのでしょうか？　そんなに器用に使い分けられるものなのでしょうか？

なるほど、江戸期の儒教教育、あるいは武士道教育を受けた世代が中心だった頃までは良かったのかもしれません。たとえば、明治天皇に殉死した乃木希典将軍などは、その典型でした。藩主への忠誠心を、明治近代国家や明治天皇への忠誠心に切り替えれば、確か

に「和魂」を軸にしながら、「洋才」によって近代国家を建設することも可能でしょう。実際、「一身独立して、一国独立す」(『学問のすゝめ』)と語った福沢諭吉なども、決してキリスト教に基礎づけられた西洋個人主義を語っていたわけではなく、むしろ、武士道(和魂)を背景にして、日本人の「自立」を語っていたのです。

しかし、近代日本の「和魂」は、日清戦争(明治27年)や、日露戦争(明治37年)に勝利したあたりから、次第に「洋才」のなかに解消されていくことになります。日本が近代国家としての体裁を整えれば整えるほど、「和魂」はその居場所を失い、「文明開化」のなかに、つまり、西洋由来の資本主義文明のなかに呑み込まれていってしまうのです。

しかも近代資本主義は、ご承知のように、有機的に繋がりあった過去のゲマインシャフト(地縁血縁共同体)を解体し、人々を「個人」化する方向へと向かわせます。商品経済の農村への浸透は、それまで自給自足でやってきた農村生活を突き崩し、彼らを農産物(桑や生糸)の商品化に成功した大地主と、そこに吸収されていく小作農とに分解してしまうことになるのです。そして、そこに現れた格差自体が個々人の能力差に由来するものとされ、人々は次第に、「個人」のなかへと追い込まれていくことになるのでした。

夏目漱石『三四郎』(明治42=1909年発刊)

そして、もちろん、この「個人化」の傾向は、何より都会において激しいものでした。明治維新によって進められた中央集権化のなかで、人々は、優秀であれば優秀であるほど「立身出世」を望み、地方から東京へとやってきます——それを当時、最も分かりやすく小説化したのが、漱石の『三四郎』でした——。そして、この故郷を抜け出してきた「個人」たちが放り投げられた場所、それが、近代の資本主義社会、つまりは、競争社会だったのです。

そのとき、すでに「個人」には安心できる共同体の後ろ盾はありません。と同時に「個人」の欲望を規矩(きく)＝矯正する共同体の掟(おきて)や宗教もありません。そこで「個人」が依存しはじめるのが、士農工商の掟なくしても機能する新たな階級性、つまり「学歴」であり、また、その「学歴」を獲得するための「勉強」でした。都市社会への適応を支える学歴と、その学歴を得ようとする個々人のエゴイズム、それらが「洋才」によって見出された価値だったのです。

一方では、武士道を基礎とした「和魂」によって、近代国家の基礎が築かれ、他方では、エゴイズムを拡張していく「洋才」によって近代資本主義社会の地平が拓かれていく……、これが、明治近代国家の二つの顔だったと言っていいかと思います。

大正から昭和にかけての激動で何が変わったか

しかし、大正の半ば以降、このバランスが変化していきます。

その切っ掛けを作ったのは、第1次世界大戦と、それによる「戦争景気」でした。戦争によって、その供給力を逼迫させていたヨーロッパに代わって、日本がその穴を埋めることになるのです。当時、近代化している国は限られていますから、「船舶を出してほしい」とか、「もっと綿織物をつくってほしい」などという依頼が、戦争を免れていた近代国家＝日本に舞い込むことになります。

しかし、「戦争景気」は、自分たちが積み上げた需要に基づいたものではありませんから、どうしても空虚なところがあります。要するに、「戦争景気」は、ある種のバブルなのです。

そして、そのなかから、二つの傾向がハッキリと現れてきます。

まず一つ目が、「和魂」の消失です。山縣有朋や新渡戸稲造や内村鑑三など、江戸期の儒教・武士道教育を背景に、近代日本人の独立自尊を語った人々が、大正の半ばに、ほとんど亡くなってしまうのです。そして、それによって、これまで「国体」を支えてきた「武士のエートス」が消え去っていくことになります。

そして、もう一つが、「洋才」の拡大、言い換えれば、個人のエゴイズムの拡大です。戦争景気のなかで、「いつか自分は死ぬ。ならば、一回切りの人生において何を価値として生きるべきなのか」といった自己を超えるものへの宗教的な問い、武士道的な倫理が霧散していくのです。そして。それに代わって台頭してきたのが、「あれもこれも欲しい」、「あれもこれも可能なのではないか」といったようなフワフワした「夢」でした。

実際、その時代の空気は文学にも色濃く反映されています。明治末年には、文明開化の絶望を描く「自然主義文学」（正宗白鳥、田山花袋、島崎藤村）などが流行っていたのですが、大正に入り、第1次世界大戦がはじまった途端、「白樺派」や「耽美（たんび）派」など、個人的自我の伸長や、その世界を描こうとする文学が流行りはじめることになります。武者小路実篤、志賀直哉など学習院出の青年たちによる「白樺派」は、自分たちの「自我」の可能性を高らかに謳い、永

関東大震災の惨状(日本橋方面)

井荷風、谷崎潤一郎、佐藤春夫による「耽美派」は、文字通り「美に耽(ふけ)る」ための個人的な世界を描きだしていました。

そして、この個人を確立し得たという余裕は、自分たちの自己決定を、より社会に反映させようとする「大正デモクラシー」や、自分の教養を深めていけば、いつか、それが人類普遍の価値に繋がるのではないかといったような「大正教養主義」、あるいは「コスモポリタニズム」の空気と結びついていきます。

なるほど、これは一見悪くないことのようにも見えます。が、自分が置かれた条件、つまり、「日本」という足元の現実が見えなくなっているという点では、やはり危うい面があったと言わなければなりません。

そして、そこに、二つの破壊的な事件が襲ってくることになるのです。大正の末に起こる「関東大震災」と、戦争景気の終わりから昭和初年代にかけて日本を襲った「度重なる恐慌」です。

関東大震災（大正12＝1923年9月1日）は、江戸から続いてきた東京の街を、文字通り焼け野原と化してしまうことになります。近代化の波に晒されながら、それでも辛うじて守られてきた江戸の文化・伝統が、これによって一気に塵灰(じんかい)に帰してしまいます。

そして、その後に現れたのが、モダン都市・東京でした。木造建

昭和初期の丸の内ビルヂングと丸の内界隈

築で覆われた江戸文化は綺麗（きれい）に洗われ、新たにコンクリート都市＝帝都東京が出現するのです。丸の内がモダンビルで覆われていくのはこの頃のことですが、この激しい環境変化が、日本人の心に「動揺」をもたらさなかったとは言えないでしょう。ある種の記憶喪失に似た状態のなか、日本人の心のなかに故郷喪失の「不安」が兆しはじめるのは、この頃のことなのです。

しかし、「動揺」は、これに限りませんでした。先に指摘した「度重なる恐慌」が、日本人の心を更に揺さぶることになります。

まず、第1次世界大戦の「戦争景気」が終わったことによって引き起こされた「戦後恐慌」（大正9＝1920年）が日本人を襲います。が、それから間もなく、今度は、関東大震災に際して出した緊急手形の焦げつきによって昭和の「金融恐慌」（昭和2＝1927年）が引き起こされます。そして、その傷も完全に癒えないうちにダメ押しの恐慌が、ニューヨークのウォール街に端を発する世界恐慌の余波としての「昭和恐慌」（昭和5＝1930年～昭和10＝1935年）が引き起こされることになるのです。

なかでも大きいダメージを受けたのは農村でした。

世界同時不況によって、生糸、綿花、米などの輸出先を失った農村では、欠食児童や娘の身売りが出るまでに困窮してしまうことになります。そのなかで、農村の次男、三男、そして娘までもが、仕事（工場労働）を探しに都会に出ていきますが、もちろん、都合のいい仕事があるはずもなく、結果として、多くの故郷喪失者（失業者）が、都市のなかを彷徨（さまよ）いはじめることになります。

かくして、土地に根付いた「常民」は、次第に姿を消していき、都市に迷う根無し草の「大衆」が現れることになります。

しかし、こうなってくると、人々の心のなかに「不安」の念はもちろん、次第に社会に対する「不満」の念も兆してこざるを得ません。「私たちが何をしたと言うのか。この苦しみの原因は私たちにあるのではなく、この社会にあるのではないか。先人が成し遂げた明治維新、それは、こんな惨めな社会を導くためのものだったのか。私たちが求めていた“近代”、それはこんなものではなかったはずだ！」という思いが、次第に人々の心に湧いてくるのです。

そして、この思いが、「明治維新に続き、もう一度、さらなる維新が必要ではないのか」と考えるイデオローグを続々と生み出していくことになります。戦後恐慌の前後から、「大正維新」や「昭和維新」を語る革命家（朝日平吾から北一輝まで）たちが登場し、その流れのなかから、様々なテロリスト（井上日召や小沼正）や、皇道派の青年将校たちが現れ、後の血盟団事件や五・一五事件（昭和7＝1932年）、あるいは二・二六事件（昭和11＝1936年）などが引き起こされていったことについては、もう皆さんもご存じのことだと思います。

不安を抱えた日本人に「批評」を示した小林秀雄

ここで、ふたたび文学の方に目を移しておきましょう。すると、昭和の初めに、その時代状況を予感させる象徴的な事件が起こっていることに気が付きます。「ぼんやりとした不安」という一言を遺して逝った、芥川龍之介の自殺（昭和2＝1927年の7月）です。

芥川龍之介
（明治25＝1892年～昭和2＝1927年）

芥川龍之介といえば、夏目漱石の弟子として文壇に登場し、その後も大正文学のトップを走り続けた、人気、実力、教養ともにトップの大作家です。それが、これといった理由もなく、ただ「ぼんやりとした不安」という言葉を遺して死んでしまうのです。

先ほど、関東大震災と度重なる恐慌によって引き起こされた人々の「不安」について触れましたが、芥川の死は、まさに、この「不安」に形を与えるものでした。

そして、この出来事は、当時の知識人・文学者のなかに、「もはや近代は、芥川龍之介のような『個人的な教養』によっては支えられないのではないか……、では、私たちを支える価値とは一体何なのか……」といった自己懐疑を植えつけることになります。

実際、芥川龍之介の自殺の直前に人気があったのは、「新感覚派」（横光利一など）などの文学でしたが、芥川の死後、その人気は一気に萎(しぼ)んでいくことになります。機械化され、モノと化してしまった群衆の姿を、断片化された「新感覚」によって描こうとする新感覚派の実験に、次第に読者は疲れを覚え始めることになるのです。

そして、その後に登場してきたのが、近代資本主義社会の超克を説くマルクス主義でした。人々は、断片化された群衆を纏(まと)め、そこに「大きな物語」（革命に至る唯物弁証法）を指し示すことのできるマルクス主義に急激に傾いていきます。

ここまでの流れを見れば分かると思いますが、当時の日本人は「自分がどこから来て、どこに行くのか」が見えなくなっていたと言っていいでしょう。震災と恐慌の度重なる破壊によって、足元のアイデンティティに「動揺」を覚えた日本人は、まさしく、将来に対する「ぼんやりとした不安」のなかで苦しんでいたのです。

それは、言ってみれば、近代日本人が、はじめて直面した「危機」だったと言ってもいいでしょう。

ここからは、少し余談になりますが、皆さんは「危機」の英語訳をご存知でしょうか。「危機」は英語では「クライシス（crisis）」と言いますが、実はその語幹を同じくする言葉に、ギリシア語の「クリシス（krisis）＝決断」や、英語の「クリティーク（critique）

＝批評」などの言葉があります。

これを解釈すれば、つまり、クライシス（危機）に際して、私たちは「あれか、これか」のクリシス（決断）が求められ、そこにおいて、私たちの生き方を反省するクリティーク（批評）を生み出すのだと言ってもいいのかもしれません。そしてさらに、このクリティーク（批評）を積み上げていった先に現れてくるもの、それが私たちの「クライテリオン（criterion）」、要するに、私たちの価値の「基準」であるとまで言うのなら、なぜ、昭和という「危機」の時代に、小林秀雄が登場せざるをえなかったのかについても、推測がつくでしょう。

要するに、「あれか、これか」を決断するための規準を適切に言葉にするためのクリティーク（批評）、それが時代の要請だったのです。「批評」というジャンルが、小林秀雄によって確立されたことの意味も、その点において解釈されるべきでしょう。

そして、最後に、時間に限りがありますが、小林秀雄の履歴についても、簡単に触れておきたいと思います。

小林秀雄は、明治35年、東京の神田に生まれました。その点、小林秀雄のことを「下町っ子」と評する人もいますが、それよりも私が重要だと考えているのは、小林秀雄の思春期が大正期だったということです。つまり、大正教養主義の空気を目一杯に吸って育ち、西洋近代の教養で頭を一杯にしていた小林秀雄は、しかし、それゆえに、実は自分の足元（日本の現実感覚）が危ういのではないかという危機感を持っていたのでした。

事実、一中、一高、東京帝国大学と、当時のエリートコースを歩んでいた小林が、その間に身に着けた「教養」のほとんどは西洋由来のもの（特にフランス文学由来のもの）でした。言って見れば、小林秀雄自身、日本人としての「砧木（だいぎ）の幹」を見失ったまま、西洋的教養で身を固めた「故郷喪失者」だったのです――後に小林秀雄は「故郷を失った文学」（昭和８＝1933年）というエッセイまで書いています――。しかし、だからこそ小林秀雄は、近代日本の中に入り込んだ西洋の教養に対して、日本人である自分が、どう接するべきなのか、西洋という他者と、どのように付き合っていくべきなのかということを考えざるを得なかったのでした。

そして、まさしく世界大恐慌によって、世界と日本との「危機」が深まっていく昭和4年（1929）、小林秀雄は「様々なる意匠」という論文で、文壇にデビューすることになります。

その後しばらく、同時代の作品を批評する「文芸時評」に筆を揮(ふる)うことになりますが、しかし、時が経つにつれ小林は、「ドストエフスキイの生活」や「無常という事」や「モオツァルト」など、それ自体、作品として読める批評文の方に力を入れはじめ、戦後は「ゴッホの手紙」や「近代絵画」、あるいは「感想（ベルグソン論）」や「本居宣長」などの批評作品によって、“文芸批評”を、それ自体独立したジャンルとして大成していくことになります。

まず本講では、小林秀雄が登場してくるまでの時代の流れと、その必然性について見ておきました。次講以降、いよいよ小林秀雄の「批評」について具体的に見ていきたいと思います。

第3講

デビュー論文「様々なる意匠」
小林秀雄の試みと、「直観」の真意

小林秀雄の批評

「私には常に舞台より楽屋の方が面白い」

では、いよいよ小林秀雄の批評について見ていきましょう。

まず「様々なる意匠」というデビュー論文に注目したいと思います。ここで言われている「意匠」というのは、時代を風靡する「主義」や「イデオロギー」のことだと考えてもらって結構かと思います。要するに、「様々なイデオロギー」を必要としてしまうほどに不安な時代への批評、それが、小林秀雄における批評の第一歩でした。

これは前講の復習になりますが、近代という時代は、まさに日本人が、自分たちの生き方——日本人の生き「型」——を見失いはじめた時代だったことを思い出しておきましょう。

たとえば、森鷗外は、大正6年（1917）に書いた「礼儀小言」というエッセーのなかで、次のように述べていました。

《今はあらゆる古き形式の将に破棄せられむとする時代である。わたくしは人の此形式を保存せむと欲して弥縫の策に齷齪たるを見て、心に慊ざるものがある。人は何故に昔形式に寓してあつた意義を保存せむことを謀らぬのであらうか。何故にその弥縫に労する力を移して、古き意義を盛るに堪へたる新なる形式を求むる上に用ゐぬのであらうか》（森鷗外「礼儀小言」、『鷗外全集第26巻』岩波書店、566～567ページ）

小林秀雄
（明治35＝1902年～昭和58＝1983年）

森鷗外が「今はあらゆる古き形式の将に破棄せられむとする時代である」と書いた

のは「戦争景気」の最中でしたが、その頃には、すでに日本人の「伝統意識」は曖昧なものになっていたのです。

そして、その「型」がなくなってしまった穴に、後に「様々なイデオロギー」が流れ込むことになります。

森鷗外
(文久2＝1862年〜大正11＝1922年)

たとえば、前講でも確認しておきましたが、その筆頭が「マルクス主義」(プロレタリア文学運動)のイデオロギーでした。あるいは、この現実の外に芸術的な人工楽園を虚構しようとする「芸術至上主義」(唯美主義)や「象徴主義」、さらには都会的な感覚の断片を寄せ集めて一つの小説として仕立てる「新感覚派」の文学なども、人々の耳目を集めた「意匠」だったと言っていいでしょう。

そして、そこに登場してきたのが、まさに、それらの時代のイデオロギーを「様々なる意匠」として突き放そうとする小林秀雄の批評だったのです。そのなかで小林は、文学における「意匠」を、作品そのものが持つ「力」とは別に、その外観を飾り付けるための理論、あるいは、自分を権威づけるための身元保証として批判していました。が、そんな、反時代的な批評文が、雑誌『改造』の懸賞論文の二席に入選し、小林秀雄は文壇デビューを果たすことになるのです(ちなみに、一席が、後に日本共産党初代委員長となる宮本顕治によるプロレタリア文学論「敗北の文学—芥川龍之介論」でした)。

しかし、「様々なる意匠」が、単に時代のイデオロギーを批判しているだけなら、単なる「批判」(揚げ足取り)にはなっても、価値の規準を問う「批評(クリティーク)」にはなりません。また、「近代批評の起源」と言うこともできないでしょう。

では、小林秀雄の「批評」は、どこで、単なる「批判」以上の批評性を持つことができたのでしょうか？
「様々なる意匠」を10分の講義で纏(まと)めることは難しいのですが、冒頭部の文章を紹介することで、その概略を示すことができるかもしれません。
「様々なる意匠」の冒頭、まず小林秀雄はこう述べていました。

《私は、こゝで問題を提出したり解決したり仕様(しよう)とは思はぬ。私はたゞ世の騒然たる文藝批評家等が、騒然と行動する必要の為に見ぬ振りをした種々な事実を拾い上げ度(た)いと思ふ。私はたゞ、彼等が何故にあらゆる意匠を凝らして登場しなければならぬかを、少々不審に思う許(ばか)りである。私には常に舞台より楽屋の方が面白い》（小林秀雄「様々なる意匠」、『小林秀雄全集第1巻』新潮社、133〜134ページ）

ここで小林秀雄は、作家がわざわざ演技して、見せようとしている「意匠」ではなく、「たゞ世の騒然たる文藝批評家等が、騒然と行動する必要の為に見ぬ振りをした種々な事実を拾い上げ度い」と書いています。では、この世の文藝批評家たちが、「見ぬ振りをした事実」とは何でしょうか。それは、作家たちの「楽屋」、つまり、作家の「意識」が振り切ろうとしても振り切ることのできない作家の「無意識」のことです。そして、小林は言うのです、「私には常に舞台より楽屋の方が面白い」と。
ただし、ここで注意してもらいたいのは、その「楽屋」は、決して作家たちの“私生活”のことを指しているわけではなかったという点です。実際、批評家が、作家の“私生活”を覗(のぞ)き見ることはできませんし、覗き見ることができない限り、それを評価の規準にすることもできません。要するに、「楽屋の方が面白い」と書いているからと言って、小林秀雄が私小説的な価値基準を語っているわけではないということです。
では、「楽屋」とは、一体何なのでしょうか？
それは、一言で言ってしまえば、その作家の「宿命の主調低音」とでも言うべきものだと、小林は言います。
要するに、もし「意匠」が、自分の作品を意識的に意味づけるための理論体系だとしたら、作家の「楽屋」とは、その意識的な意味づけとは別に、その背後に存在している作家の息遣い、その無意識のリズムのようなものです。「意味」よりも手前にある作家の匂い、作家の意識そのものを、その背後で動かしているような作家の性格、その手応えのことを、小林は、ひとまず「楽屋」と呼んでいるのです。
では、そんな作家の「意識」ではない「無意識」に対して、私たちは、どのようにアプローチすればいいのでしょうか？
そこで、小林秀雄が提示するのが「直観」という言葉でした。小林秀雄は、この「直観」によって、作家の「宿命の主調低音」を聞き届けよと言うのです。そして、その聞き届けたところを、作家のリズムに沿って正確に描き出せと言うのです。小林において、そこに現れてきたもの、それこそが、「批判」ではない真の「批評」でした。

直観を通じて社会と関わらせる独自の理論

ただ、このように言うだけだと、「意味の分析もなくて、どうやって批評を書くのか？」、あるいは、「小林秀雄の批評は、結局、主観による印象批評（感想文）を出るものではなかったのではないか？」など、様々な疑問や反問が出てくることは避けられません。
ここは重要な点なので、少し立ち止まっておきましょう。
小林秀雄が「直観」と言うとき、注意すべきなのは、それが、作品の「意味」解釈のレベルで言われた言葉でも、個々人の「主観」における印象のレベルで言われた言葉でもなかったことです。

ここで一つ例を出しておきましょう。

たとえば、松尾芭蕉の句に「古池や蛙飛び込む水の音」というものがありますが、これを「意味」に分解して、「古池があって、そこに蛙が1匹いて、それが飛び込んだら、水の音がした」と言ってみたところで、それが作品を味わったことにならないことは、皆さんもすぐにお分かりになるでしょう。が、簡単に言ってしまえば、小林秀雄が言いたいのも、基本、それと同じことなのです。

「古池や蛙飛び込む水の音」の句は、むしろ、「古池や蛙飛び込む水の音」というリズムそのままに、その言葉を直観的に受け取ったときにのみ、その味わいが湧いてくるものなのです。

そして、そのリズムを直観的に受け取ることができたのなら、ほぼ同時に、静かな古池に「ぽちゃん」と蛙が飛び込んだ後の静寂までが、一続きの情景として浮かび上がってくるでしょう。また、その情景がリアルに感じられれば感じられるほど、古池や、蛙や、水音などが存在すること自体の神秘も感じ取れるでしょう。その情景が立ち上がることそれ自体、もはや、個々人の意識的な操作を超えており、そうである限り、それを単なる虚構と言うことはできないのです。意識的操作を超えて、そこに一つの明確なイメージが浮かんでくることの不思議、その自然の神秘が現れてくると言ってもいいかもしれません。

実際、この芭蕉の句を「直観」できないイギリス人やアメリカ人が、その句を英語に翻訳しようとしたとき、「そのとき、蛙は何匹だったのですか？」と尋ねたことがあるという笑い話を私は聞いたことがあります。言われてみれば、たしかに日本語では、単数か複数かを明示していません。が、この句を直観できる日本人が、蛙の数を複数だと答える人はいないでしょう。これが、「意味」を超えながら、なお主観ではコントロールできない「直観」の姿なのです。

そして、これと同じことは、あらゆる芸術の領域において指摘することができます。ある文学作品や、その作家について、説明だけで、その良し悪しが納得できるということはないでしょう。その作品や作家が実際に纏っている雰囲気や、その全体的な味わい、つまり、その作品や作家が生きている「宿命の主調低音」を聴くことから、私たちは、目の前の作品や作家の良し悪しを判断し、それに近づき、その後で、ようやく「なぜ近づいたのか？」と分析し、反省することになるのです。この「直観」と「分析」との前後関係の「けじめ」をつけること、その倫理が、その後も小林秀雄の「批評」を支えることになります。

ただ、それだけだと、なかには「小林秀雄は個人的な直観に引き籠っているだけではないか」と思う人がいるかもしれません。が、小林秀雄において興味深いのは、今述べた「直観」を通じて、それを「社会」や「伝統」の問題と関わらせていったことでした。

もちろん、小林秀雄が、その「社会」や「伝統」との回路を一足飛びに自覚したわけではありません。デビューから7年後、この国の「危機」も深まっていた昭和11年（1936）、小林秀雄は「文学の伝統性と近代性」というエッセーを発表し、そのなかで「直観」と「伝統」との問題を、改めて取り上げることになります。

ここは、小林秀雄の言葉を読んだほうがわかりやすいと思うので、まず引用から示しておきましょう。

《先づ独断的な自分の直感力を設定して、これだけを信用する。作品にどんな企図がかくれてゐようが、どんな思想が盛られてゐようが、それは作者がたゞそんな気になつてゐるものとして一切信用しない事にする》（小林秀雄「文学の伝統性と近代性」、『小林秀雄全集第

4巻』新潮社、251ページ)

この文章は、昭和10年(1935)に書いた「新人Xへ」からの自己引用なのですが、続けて小林は、自らが方法としてきた「直観」を、「社会」と繋げるようにして、次のように書いていました。

《たゞ出来栄えだけを嗅(か)ぎ分ける。物質の感覚が、或(あるい)は人と人とが実際に交渉する時の感動が、どんな程度に文章になつてゐるか、さういふところだけを嗅ぎ分ける。するとそこに、消極的なものだが文学に対する社会の洒落気(しゃれっけ)の無い制約性が得られる》(同書251ページ)

ここで重要なのは、様々に語られるイデオロギーを拒絶し、その物の出来栄えだけを嗅ぎ分けた時、「そこに、消極的なものだが文学に対する社会の洒落気の無い制約性が得られる」と述べていることです。つまり、小林は、それが直観できたときにのみ、それを直観させている何ものか――芭蕉の句の例で言えば、「古池や蛙飛び込む水の音」という句を、そのリズムそのままに直観させている「日本人としての感性」が、つまり「社会の洒落気の無い制約性」が、消極的にでも浮かび上がってくるのだと言うのです。そして、小林秀雄は、それこそが「伝統」の真の意味だと言います。続けて、引用しておきましょう。

《社会の制約性は伝統の制約性に外ならぬ。民衆とは伝統の権化である。

僕は伝統主義者でも復古主義者でもない。何に還れ、彼(か)にに還れといはれてみたところで、僕等の還るところは現在しかないからだ。そして現在に於て何に還れといはれてみた処で自分自身に還る

他はないからだ。こんなに簡単で而も動かせない事実はないのである》(同書252ページ)

ここで注目したいのは、「社会の制約性は伝統の制約性に外ならぬ」と書く小林が、しかし、その次の瞬間、それを“還るべき場所”として、自分の外側に積極的に定位することを拒んでいたことです。つまり、小林秀雄における「伝統」とは、常に、すでに自分のなかにあって動いている「直観」を通じてのみ見出せる“コト”であって、その外に存在する“モノ”ではなかったということです。だからこそ、それは、その時々で失ってみたり、還ってみたりすることのできる対象物ではなかったのです。

要するに、自分の直観が反応した地点=作品を線で繋いでいって、そこにおのずと現れてくるかたち、それが小林秀雄の言う「伝統」という言葉の意味でした。だから、それは、積極的にではなく、消極的=事後的にしか示せないものなのです。

直感を豊かにするための「道」とは？

最後に、小林秀雄の「批評」について、改めて四つのポイントに纏めて整理しておきましょう。

まず一つ目は、「様々なる意匠（イデオロギー）」に対する不信と批判。これは、もう述べたことですが、ここで改めて言い換えれば、「直観」を置き去りにした理論体系、そんなものは全く信用に値しないということ、これが一貫した小林秀雄の倫理でした。

そして、それと関連して、二つ目に「直観」の擁護という主題が現れます。人は、作品評価や人物評価に際して、「あれか、これか」の問題に突き当たることがありますが、その答えを導きだす力として、小林秀雄が挙げたのが、分析より先にある、「そうとしか感じられない力」、要するに、己の内なる「直観力」でした。

またさらに、「そうとしか感じられない」ことの引き受けにおいて、三つ目の主題である「宿命」が立ち現れることになります。たとえば、直観A、直観B、直観Cがあって、そのなかから「僕は直観Cを取るよ」と言う人はいないでしょう。そもそも「直観」とは、「そうとしか感じられない」ものとしてやってくるものであって、選べないものなのです。ある作品との思いもよらない出会いを媒介し、その作品世界のなかへと連れ込むものとしての「直観」、だからこそ「批評」は、己の「直観」と切り離せないのであり、己の「宿命」とも切り離せないものなのです。

そして、四つ目に、この私の「直観」と「宿命」とを形づくっているものとしての「伝統」の自覚です。芭蕉の句でも示した通り、まさに自分の「直観力」そのものが、日本語や日本の自然、日本の伝統によって支えられているのだとすれば、その「伝統」の引き受けなしには、私たちの「直観力」が働くことはありません。

実際、大東亜戦争が始まろうとしていた昭和16年（1941）、小林秀雄は、「文芸上の仕事をするといふ事が、伝統の問題に衝（つ）き当る事なのであり、仕事のうちで伝統の正態を自得する、さういふ事を皆やつてゐるわけなのであります」（「伝統」、『小林秀雄全集第7巻』新潮社、248ページ）と、書いていました。

以上、この四つのポイントは、それぞれがそれぞれに絡み合いながら、小林秀雄のその後の「批評」を支えていくことになります。その意味で言えば、この有機的な統一感を味わうこと、それが小林秀雄の「批評」を読むことだと言えるかもしれません。

さて、ここまで見ておけば、その後の小林秀雄の仕事についても、だいたいの見透しはつくはずです。先ほどは、小林秀雄の「批評」の性格を四つの観点から纏めておきましたが、今度は、その後の仕事の全体像を三つのポイントで整理しておきましょう。一つは小林の「批判」の仕事について、もう一つは小林の「思想」において、そして、最後に小林の批評的「実践」についてです。

まずは、小林秀雄における「批判」ですが、小林は、右と左、戦前と戦後を問わず徹底して時代のイデオロギーを批判しました。マルクス主義に対する批判はもちろんですが、しかし、戦中の東亜新秩序や日本主義に対しても、やはり同じように批判の言葉を書いています。小林秀雄にとって「伝統」とは、「これが伝統である！」、「この伝統に従え！」などと、自分の外に積極的に定位できるものではなかったのです。

しかし、それは戦後のイデオロギー（意匠）にしても同じことです。「これが平和だ」「これが戦後民主主義だ」と示される指導的言説に対しても、戦後の小林は批判の矛先を向けていました。

たとえば、それら一連の批判については、「学者と官僚」（昭和14＝1939年）、「イデオロギイの問題」（昭和14年）、あるいは、「政治と文学」（昭和26＝1951年）などを読めば明らかでしょう。

また二つめに、小林秀雄の「思想」ですが、これは端的に小林の保守的態度において纏めることができます。「意匠」への自意識を振り払い、自分自身を透明にして作品と向き合い、そこに現れる「直観」を拾い上げ、その「直感をもたらしているもの」を素直に引き受けること。つまり、自分に与えられた日本の「自然」と「伝統」に従うこと。小林秀雄は、それを信じた先で、まさに自らの直観を豊かにするための「道」を見出していくことになります。

それは、たとえば「文学と自分」（昭和15＝1940年）、「私の人生観」（昭和24＝1949年）、「信ずることと知ること」（昭和49＝1974年）といった、戦前から戦後のエッセーで確かめることができるでしょう。

そして三つめの「実践」ですが、それこそ、「文芸批評」というジャンルを、小林秀雄が、それ自体として読める自立的なジャンルへと育て上げたことにおいて指摘できるでしょう。「直観」をもたらしてくれる「古典」に従い、その解釈を示しつつも、しかし、最終的には、その解釈によっては辿り着くことのできない作品の味わいを、目の前の「古典」（ドストエフスキーの作品や本居宣長の言葉）を描写＝模倣することによって示すこと。ここにおいて初めて、「文芸についての批評」は、同時に「文芸としての批評」となり、その批評を読む読者自身の「直観」を促すための言葉、それを豊かにするための言葉となるのです。

フョードル・ドストエフスキー
（1821年～1881年）

本居宣長
（享保15＝1730年～享和元年＝1801年）

それは、ドストエフスキーの作品論（昭和8＝1933年～昭和31＝1956年頃）や、「当麻（たえま）」（昭和17＝1942年）や、『ゴッホの手紙』（昭和28＝1953年）や、『本居宣長』（昭和52＝1977年）などにおいて示された実践でした。

本講では、小林秀雄の「批評」の核となるもの、そして、それが担った課題について簡単に見ておきましたが、次講では、吉本隆明の「批評」について見ていきたいと思います。

一見、対照的に見える二人の批評ですが、その本質の部分では通じ合うところがあったように見えます。そこに目を凝らしつつ、改めて近代日本の「批評」とは何であったかについて考えていきたいと思います。

第4講

吉本隆明の思想を凝縮した
敗戦時20歳の回想「戦争と世代」

純粋戦中世代の葛藤――吉本隆明の「起点」

国体思想の崩壊と価値観の逆転に苦悩する世代

吉本隆明
(大正13=1924年~平成24=2012年)

本講は、「純粋戦中世代の葛藤」と題して、吉本隆明という人間の核にある体験と、その履歴について見ておきたいと思います。

前講まで述べてきたように、小林秀雄は、前近代と近代との葛藤を引き受けて、それをどう乗り越えるのかという問いに対して、「直観」と「宿命」と「伝統」とを繋げながら、そこに「日本人の自然」を甦らせることを答えとしていました。

その点、言葉は違えど、吉本隆明もまた、「自立」や「関係の絶対性」や「大衆の原像」という言葉を繋ぎ合わせながら、自分が蒙った戦前と戦後の分裂を乗り越えようとした批評家だったと言えます。

まず注目しておきたいのは、吉本隆明が「純粋戦中世代」だったことです。「純粋戦中世代」というのは、大正末期から昭和初年にかけて生まれた世代、つまり、児童期から思春期にかけて、少国民教育——「お前たちは、お国のために戦争に行って死ぬのだ」という教育をされた世代、要するに10代の最も多感な時期を、ほぼ戦争と一緒に過ごすことになった世代のことを指しています。

それゆえに、彼らの多くは、「自分たちは長く生きられない、近いうちに死ぬのだ」という観念を植えつけられることになります。そして、そこから「では、どのように死ぬのか？　どのような死なら納得できるのか？」と自問自答することになるのです。このような問いのなかで、彼らは自己形成を果たしていきます。

しかし、そこまで覚悟を固めていた彼らは、昭和20年（1945）8月15日の玉音放送によって、突然、突き放されてしまうことになります。「いかに死ぬべきか」だけを考え詰めていった先で、彼らは、世界から「あとは勝手に生きよ」と言われてしまうのです。

彼らにおいて重大だったのは、死ぬはずだった自分が生き残ってしまったということだけでなく、そんな自分を意味づけていたはずの価値——永遠だったはずの天皇、永遠だったはずの国体——も共に音を立てて崩れていったことでした。そんな世界が反転するような挫折を強いられた世代、それが「純粋戦中世代」でした。

そして、その挫折の具体的な象徴が、天皇による「人間宣言」（昭和21＝1946年1月）と、それとほとんど時を同じくして開かれた極東国際軍事裁判（東京裁判）でした。それまで絶対的な価値とされてきた天皇が、自らの言葉で自らの相対性を宣言し、それまで圧倒的な権威を誇っていた軍人が、それまで戦ってきた敵国の軍人たちによって裁かれてしまう、それは、ほとんど事件と言っていい出来事でした。

極東国際軍事裁判（東京裁判）被告人席

もちろん東京裁判が、アメリカ占領軍（GHQ）による「自己正当化」のパフォーマンスだったことは言うまでもありません。が、ここで指摘しておきたいのは、東京裁判の是非ではなく、まさにそのことによって、戦前と戦後の価値観が逆転してしまったということです。重要なのは、当時の多くの日本人が、「今まで信じてきたことは嘘だったのかもしれない……」と思ってしまったことそれ自体の挫折感、その衝撃の重さなのです。

ここにおいて、明治から日本近代を支えてきた「国体思想」や「皇国思想」は、決定的な挫折を蒙ることになりました。戦前から戦後への「転換」のなかで、「これまで私たちが信じてきたものとは何だったのか？」、「それらの価値が崩壊した後、一体私たちはどうやって生きていけばいいのか？」という問いが現れます。そして、その問いを最も厳しく自分に差し向けなければならなかったのが、少国民教育を受けてきた若者世代だったのです。

若い彼らは、「皇国思想」を絶対だと思い込んでいたがゆえに、その崩壊は、ほとんど自己崩壊とイコールでした。そして、その体験の中心にいたのが、ほかならぬ吉本隆明だったのです。吉本隆明と同じ「純粋戦中世代」の知識人には、たとえば、1960年代後半に「楯の会」を結成し、昭和45年（1970）に壮絶な最期（市ヶ谷自衛隊基地での割腹自殺）を遂げた三島由紀夫や、その三島を批判しながら、しかし、『日本浪漫派批判序説』や『昭和維新試論』などの著作で、「戦前」を問い続けた政治学者の橋川文三などがいましたが、彼らもまた、「戦前」と「戦後」との断絶に晒され、迷い惑いながら、やはり「戦前」に拘（こだわ）り、また「戦後」

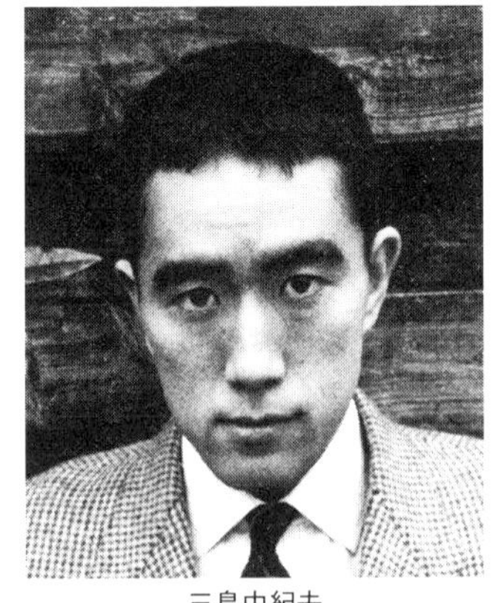

三島由紀夫
（大正14＝1925年～昭和45＝1970年）

を批判しなければならなかった知識人でした。これが「純粋戦中世代」の宿命だったのです。

「戦前」に何のけじめもつけられることなく、突然「戦後」のなかに放り投げられてしまったことのトラウマと精神的虚脱と……。そんな彼らにおいて、「戦前」と「戦後」の断絶をどう乗り越えるべきなのかという問いは、そのまま、自分たちが、この世界のなかでどう生きるべきなのかという問いに繋がっていました。

「きれいごと」を語るだけの人々への嫌悪

では、吉本隆明の履歴を見ていくことにしましょう。

吉本隆明は、大正末期の大正13年（1924)、東京の京橋区の月島に、船大工の父・順太郎と、母・エミとの三男として生まれています。小林秀雄のような中産階級の出ではなく、貧しい職人の家に生まれた吉本隆明ですが、後に語られた「大衆の原像」という概念には、東京の下町——というよりは埋め立てられた工場街——に生まれ育った吉本の経験が反映されていました。

その後、吉本は、小学4年生の頃から、地元の私塾に通い始めることになりますが、この私塾の先生である今氏乙治という人から大きな影響を受けることになります。この先生は、早稲田大学で英文学を学び、自身も詩や小説を書くという人でしたが、吉本は、彼から文学の手ほどきを受けるとともに、彼の書棚にあった改造社版『現代日本文学全集』や、翻訳小説から知的影響を受けることになります。

ただ、当時は、理系の技術者が兵隊にとられることがなかったこともあり、昭和16年（1941年—大東亜戦争開戦の年）に東京府立科学工業学校を卒業した吉本は、その翌年には山形県の米沢高等工業学校（現在の山形大学工学部）に進学することになります。

出陣学徒壮行会（昭和18＝1943年10月21日／明治神宮外苑競技場）

しかし、このとき、徴兵されていった多くの級友との別れが、その後の吉本青年に、一種の後ろめたさや、自分の生に対する疑惑を抱かせることになります。つまり、学徒出陣も含めて、戦地に赴く同世代の知人、友人を見送るほうに立ったことで、吉本は、「では、自分の生とは何なのか？　彼らは死んでいくのに私は生きていていいのか？」などの思いに駆られることになるのです。

そんななか、吉本隆明は、救いを求めるように、宮沢賢治、高村光太郎、小林秀雄、横光利一、太宰治、保田與重郎などを読み漁り、また自分自身でも詩や論を書きはじめることになります。

そして、米沢工業専門学校を繰り上げ卒業した後、徴兵検査を受け、東京工業大学電気化学科に入学した吉本は、戦争末期の徴用動員で魚津市の日本カーバイト工場に送られることになりますが、そこで聴いたのが、あの「玉音放送」だったのです。

このとき、「お国のために死ぬこと」を考え詰めていた一人の皇国少年は、目の前の「現実」に一気に突き放されることになります。この時の挫折感が、その後の吉本隆明の「批評」を作ったと言っても過言ではないでしょう。この時から吉本隆明は、単なる「言葉（イデオロギー）」を信じることができなくなってしまうのでした。では、信じられるものとは何なのか、いや、どのような条件なら「言葉」を信じることができるのか？　それに対する答えを、吉本は、文学のなかに探していくことになります。

その後、敗戦の挫折感と喪失感のなかで帰京した吉本は、再び大学に戻るものの、自分のなかに巣くう空虚感を癒すことができませんでした。昭和22年（1947）に、大学を繰り上げ卒業し、町の石鹸工場や鍍金（めっき）工場などで働くことになった吉本は、戦後の荒廃した社会状況のなか、次第に心身を擦り切らせていきます。そして、昭和24年（1949）、特別研究生として再び大学に戻った吉本は、その頃から古典派経済学やマルクスの『資本論』など、自分の心情を相対化してくれる社会科学に学びながら、次第に自分の存在を社会との関係のなかで考えるようになっていきます。

その後、昭和26年（1951）に大学の研究室を出た吉本は、東洋インキ青砥工場に勤務しながら、そのかたわら詩集と評論を書く生活へと入っていくことになります。そして、そのなかで書き上げたのが、「マチウ書試論」（昭和29＝1954年）と、「高村光太郎ノート」（昭和30＝1950年）という二つの評論でした。

この二つの評論については後でも触れるつもりですが、今、ここで簡単に纏（まと）めておけば、それらの評論は、「言葉」だけで自由に「思想」（イデオロギー）を語ろうとする知識人の心理を辿りつつ、その「思想」において、西洋主義から皇国思想へと転向していった文学者（高村光太郎）の責任を問い質（ただ）そうとするものだったと言っていいでしょう。「戦前の知識人は、なぜ皇国思想に転向していったのか？　あるいはまた、戦後になって、彼らが皇国思想から左翼思想へと転向していったのだとすれば、それは肯定できることなの

60年安保闘争で国会を囲むデモ隊(昭和35年=1960年6月18日)

か？　そして肯定できるとしたら、それはどのような条件によってなのか？」、それらのことを問い質しながら、吉本隆明は、自らの「批評」の一歩を踏み出すことになるのです。

その後、吉本は、60年安保闘争に際して、現実の生活とは無関係に「正しいイデオロギー」だけを語ろうとする既成左翼、つまり日本共産党に対して激しい批判を繰り出すことになりますが、その背景にあったのは、「皇国思想」に振り回されたかつての自分自身の苦い記憶であったことは想像に難くありません。

その意味で言えば、その後に新左翼（学生運動）の同伴知識人と見做されることになる吉本ですが、このときの全学連への同情は、彼らのイデオロギーに対してというよりも、彼らの「直接行動」に対してのものだったと言った方が正確でしょう。事実、「わが転向」（1994年）のなかで、吉本は「僕は全学連主流派と一緒に行動はしていたけれど、これが革命につながるとは決して思っていなくて、醒めていました」と回想しています。

そしてこれは、吉本の足場が、あくまで左翼的革命の理念ではなく、「大衆の原像」の方にあったことを示していました。要するに、上滑りした知識人たちの理想ではなく、エゴイズムも含めた生活人の現実に即した言葉によって、自己の「自立」を支えること、ここに吉本隆明の批評の核心があったのです。安全な場所からきれいごとを語るだけの進歩的知識人に対する吉本隆明の嫌悪も、この生活感覚から出ていたと言っていいでしょう。

その後、吉本隆明は1960年代に二つの主著、『言語にとって美とはなにか』（昭和40＝1965年）と、『共同幻想論』（昭和43＝1968年）とを書き上げ、若者の心を強烈に摑んでいくことになります。

吉本隆明の思想の起点を示す「戦争と世代」

さて、ここまでが吉本隆明の「遍歴時代」ということになりますが、実は、彼の思想の「起点」を確認する上で、非常にいい文章があります。これは、私の大学院時代にお世話になった文芸批評家の井口時男先生から教えてもらった文章なのですが（『批評の誕生／批評の死』講談社・参照）、そのなかで吉本隆明は、その後の自分のモチーフのほとんど全てを語っていました。

《敗戦の日、わたしは動員で、富山県魚津市の日本カーバイトの工場にいた。その工場には、当時の福井高等工業学校の集団動員の学生と、当時の魚津中学校の生徒たちがいた。わたしは天皇の放送を工場の広場できいて、すぐに泥然として寮へかえった。何かしらぬが独りで泣いていると、寮のおばさんが、「どうしたのかえ、喧嘩でもしたんか」ときいた。真昼間だというのに、小母さんは、「ねてたなだめなさえ」というと蒲団をしき出した。わたしは、漁港の突堤へでると、何もかもわからないといった具合に、いつものように裸になると海へとびこんで沖の方へ泳いでいった。水にあおむけになると、空がいつもとおなじように晴れているのが不思議であった。そして、ときどき現実にかえると、「あっ」とか「うっ」とかいう無声の声といっしょに、恥羞のようなものが走って仕方がなかった》(吉本隆明「戦争と世代」、『吉本隆明全集6』晶文社、66ページ)

この文章が書かれたのは、高度経済成長が始まろうとしていた昭和34年(1959)、つまり、戦争に敗けてから14年が経った頃のことですが、吉本は、非常に正直に当時のことを回想しています。これまで「国家」と自分とを重ね合わせていた皇国青年が、突然突き放され、何も分からないといった風に「自然」のなかで茫然自失としている様子がよく伝わってきます。

ここで読み取るべき点は、次の三点でしょう。

まず一つ目は、まさに「国家」の運命から見放されてしまった青年が、その孤独のなかで言葉を失ってしまっている点です。

この感覚は、後に「ぼくが真実を口にすると、ほとんど全世界を凍らせるだろうという妄想によって、ぼくは廃人であるそうだ」(「廃人の歌」)という吉本自身の孤絶感や、「共同幻想」とは逆立する「個人幻想」という発想を生み出していくことになります(『共同幻想論』)。吉本の思想を見る上で重要なのは、まず、その失語感覚でしょう。つまり、どうしても社会的秩序からはみ出してしまい、言葉の意味に還元し切ることができない実存という主題、それが吉本の原初的感覚なのです。それは具体的には、吉本の初期詩集や、言葉にならない心情と言葉との関係を論じた『言語にとって美とは何か』においても現れています。

また、二つ目に注意すべきなのは、国家の運命や、社会の運命などとは無縁に、その日その日を生きている「寮のおばさん」のもつ存在感です。寮のおばさんは、「玉音放送」の意味が分からないばかりか、泣いているその青年に、「どうしたのかえ、喧嘩でもしたんか」と聞いてしまうほどに無知で素朴なのです。

これは、後に吉本隆明のなかで、言葉を持たぬ生活者、つまり、戦争イデオロギーにも、進歩的イデオロギーにも染まらず、ただ日々を淡々と暮らしていく「大衆の原像」として像を結ぶことになりますが、具体的には、1950年代から1960年代にかけての時事批評を集めた、『自立の思想的拠点』（昭和41＝1966年）において纏められることになるでしょう。

そして、最後に注目すべきなのが、真っ青な海と空の存在、つまり、青年を包み込む「自然」のイメージです。まさに敗戦によって、国家の枠組みから零（こぼ）れ落ち、言葉を失い、孤独のなかで茫然としている青年を取り巻いていたのは、海と空でした。自分がどんなイデオロギーに染まろうと、また、どんなイデオロギーに挫折しようと、変わらずにいつもそこにあって自分を見つめているものとしての「自然」。これは次第に「大衆の原像」のイメージとも重なり合いながら、吉本隆明の実存を包むものとして立ち上がってきます。具体的には、吉本自身が一番親近感のある著作だと言う『最後の親鸞』（昭和51＝1976年）などで取り扱われる主題になります。

ということで、まずは、吉本隆明の思想の起点（始まりの点）を、皆さんと一緒に確認しておきました。次講では、もう少し深く、吉本隆明の思想を見ていきたいと思います。

第5講

なぜ吉本隆明は60年安保の時に進歩的知識人を批判したのか

吉本隆明の思想——大衆の原像と対幻想

初期吉本隆明――〈関係の絶対性〉のなかに見る「倫理」

では早速、吉本隆明の思想を見ていきましょう。

もちろん10分の講義で話せることには限界もありますが、吉本隆明が「何を語りたかったのか」、あるいは「何を価値としていたのか」の概要だけでもお伝えすることができればと思います。

吉本隆明は、難解な言葉を使う批評家として知られていますが、それも、吉本隆明の敗戦時の失語体験と関係していると考えれば分かりやすいかもしれません。つまり、失語体験そのものを、どう言葉にするのか……、この矛盾に満ちた作業が、吉本の言葉を、ある種の難解さへと導いたものではなかったかということです。

その点、それを前提に、吉本の言葉を一つずつ解きほぐしていくと、その背景にある思想は、意外に分かりやすいものだったようにも思われます。吉本隆明を突き動かしていたもの、それは、あの小林秀雄の言葉にもあった「自然」への畏怖と信従、その信頼感ではなかったかと思えるのです。そのあたりのことを念頭におきながら、改めて吉本隆明の言葉を見ていきましょう。

まず押さえておきたいのは、吉本隆明が、最初は批評家としてではなく、詩人としてものを書き始めていたという事実です。

敗戦後、日本の思想的風景は、「皇国思想」から「戦後民主主義」へとガラリと変わっていくことになりますが、まさに、そのなかで、二十歳前後の青年は、どうやって自分の心を社会と結び付ければいいのか分からなくなってしまいます。要するに、社会的規範からこぼれ落ちてしまった青年は、ある種の失語感覚を引きずりながら、その内向性を加速していくのです。そして、その内向性を深めていった先で、それでも自分の心を語ろうとしたとき、吉本の目の前には、詩の言葉しかなかったのです。合理的な秩序からはみ出してしまった心を、それでも言葉にしようとしたとき、人は、詩の言葉に頼るしかないのです。

そこから考えれば、吉本隆明の初期批評の主題もおのずと明らかになってきます。

高村光太郎
（明治16＝1883年～昭和31＝1956年）

初期の代表作である「高村光太郎ノート」（昭和30＝1955年）は、まさに内的な詩の言葉と、外的な社会の言葉が、どこでどう交差するのかを見つめて書かれた批評文でした。

高村光太郎は、戦前においては、詩と美術の領域（内向性）で活躍しながら、戦中は、戦意高揚（外向性）の詩を書いたという人でしたが、その一見して矛盾した人格は、どのように形成されたのか……、吉本は、西洋思想のなかに育った高村光太郎という孤独な「個人」が――高村は、アメリカ、ロンドン、パリに留学しています――なぜ、戦中に、「社会」的言語である皇国思想を必要としなければならなかったのかを問いながら、高村の葛藤のなかに、近代日本及び自分自身の葛藤の由来を問おうとするのです。

あるいは、その3年後に書かれた「転向論」（昭和33＝1958年）も同じ主題を扱っていました。なぜ近代教育に適応してきた戦前左翼が、ああも易々と「転向」し、皇国思想を語るようになったのか、あるいは「転向」しなかった左翼運動家たちが、なぜ、ああも頑なに一つのイデオロギーを信じることができたのか（要するに、大衆から浮き上がってしまったのか）、それを問い質（ただ）す試み、それが初期吉本隆明の批評文だったと言えます。

つまり、1950年代の吉本隆明は、現実のなかに居場所を見失い内向した「心情」は、いかに社会と交わることができるのか、そして、それ自身の「自立」を、いかにして担保することができるのかを問うていたのだということです。そして、その主題の延長線上で書かれたのが「マチウ書試論」（昭和34＝1954年）であり、そこで見出されたのが、「関係の絶対性」という言葉でした。
「マチウ書試論」というのは、『新約聖書』にある「マタイ伝」についての試論という意味ですが、そのなかで吉本は、原始キリスト教における現実否定の心情に即して、そのパトス（情念）とルサンチマン（怨念）がどこからきたものなのかを徹底的に描き出します。それは、まるで敗戦後に吉本自身が抱えた現実へのルサンチマンがどこからきたものなのかを問い質そうとするかのような迫力を帯びていましたが、その意味で言えば、吉本は、敗戦後の自分の心情を、原始キリスト教に仮託していたとも言えます。
目の前の現実のなかに居場所を見出せない人間は、いかなる形で自分の心を内向させ、それを現実政治のなかに反映させようとするのか、また、その孤独な心情を政治言語に反映させようとしたとき、それは一体、どのような条件によって肯定されるのか……、「マチウ書試論」の主題は、そのようなものでした。
といっても抽象的に聞こえるでしょうから、ここは、もっと簡単に言い換えておきましょう。要するに、人は言葉だけなら、いくらでも「きれいごと」が言えるのです。皇国思想のきれいごと、平和主義のきれいごと、そして、原始キリスト教のきれいごと。しかし、ということは、言葉だけを吟味しても、私たちは、その言葉の真実性を確かめることはできないということになります。
いや、しかし、だからこそ吉本は、そこで初めて、自由に選べる言葉とは違うものとして「関係の絶対性」という概念を提示することになるのでした。その一節を引いておきましょう。

《人間の意志はなるほど、撰択する自由をもっている。撰択のなかに、自由の意識がよみがえるのを感ずることができる。だが、この自由な撰択にかけられた人間の意志も、人間と人間との関係が強いる絶対性のまえでは、相対的なものにすぎない。〔中略〕人間は、狡猾に秩序をぬってあるきながら、革命思想を信ずることもできるし、貧困と不合理な立法をまもることを強いられながら、革命思想を嫌悪することも出来る。自由な意志は撰択するからだ。しかし、人間の情況を決定するのは関係の絶対性だけである。ぼくたちは、この矛盾を断ちきろうとするときだけは、じぶんの発想の底をえぐり出してみる。そのとき、ぼくたちの孤独がある》(吉本隆明「マチウ書試論」、『吉本隆明全集4』晶文社、249〜250ページ)

ここで吉本は、人の自由意志など信じるに値しないと言っています。人は、自由に「言っていること」を選べる限り、そこに「絶対性」が宿ることはあり得ないのだと。

では、信じられる「絶対性」は、どこにあるのか？

それは、自由の反対、つまり強いられた「関係性」にこそあるのではないか、吉本が言いたいのは、そういうことでしょう。これを噛み砕いて言えば、人は、自分が現実の関係のなかで「やっていること」を無視しながら、いくらでも「言っていること」を整合化することができますが、だからこそ、重要なのは「言っていること」ではなく、逆に現実のなかで強いられた関係性、つまりは、他者との関係のなかで「やっていること」の方ではないのか……、これが、吉本の言いたかったことではないかと私は考えています。

「言っていること」と「やっていること」がずれたとき、まずは「やっていること」に目を向けるべきである、これが「関係の絶対性」という言葉のなかに託した、吉本隆明の倫理でした。

中期吉本隆明――進歩的知識人批判と〈大衆の原像〉

とすれば、ここから自然と出てくる一歩は、「言っていること」の整合性だけで自分を立てようとする人々、つまり、戦後の進歩的知識人に対する批判ということになります。いや、それは戦前の皇国思想を語った知識人にしても、大衆から孤立しながら自らのイデオロギーに固執した戦前の左翼にしても同じです。要するに、吉本隆明において、「やっていること」をおいてけぼりにして、「言っていること」を整えようとする人間は、全て批判の対象だったということです。「知識人は、いつも言っていることだけはきれいだし、その整合性も担保しているかもしれない。が、彼らは本当にそう生きているのか」、吉本の批評は、そう問い質すのです。

その代表的な著作が、先の「転向論」も含めて、旧左翼（日本共産党）を批判した『芸術的抵抗と挫折』（昭和34＝1959年）であり、また、60年安保闘争を総括した『擬制の終焉』（昭和37＝1962年）であり、さらには、当時の進歩的知識人の代表である丸山真男を批判した『丸山真男論』（昭和38＝1963年）でした。

それらの批評によって吉本は、日本共産党や進歩的知識人の「言っていること」と「やっている」ことのズレを剔抉（てっけつ）しながら、彼らの偽善をあぶり出そうとします。これが吉本隆明の「批判」でした。

丸山真男
（大正3＝1914年～平成8＝1996年）

ここで、そのことがよく分かる二つの文章を引用しておきましょう。一つは60年安保闘争を総括した「擬制の終焉」というエッセーであり、もう一つは「前衛的コミュニケーションについて」という、これもまた60年安保闘争について書かれたエッセーです。

《安保闘争のなかで、もっとも奇妙な役割を演じたのは日共であろう。なまじ前衛などと名のってきたために市民のなかに埋没することもできず、さりとて全運動の先頭にたつこともできないために、旧家の意地悪婆のように大衆行動の真中に割ってはいり、あらゆる創意と自発性に水をかけてまわった。〔中略〕ひとびとのたたかいの渦のなかで、『アカハタ』を売っている男も、アンパンを売っている男よりも愚劣である》（吉本隆明「擬制の終焉」、『吉本隆明全集6』晶文社、286〜287ページ）

いうまでもなく、『アカハタ』は日本共産党（日共）の機関紙ですが（昭和41＝1966年に『赤旗』に改題）、ここで吉本は、「『アカハタ』を売っている男も、アンパンを売っている男よりも愚劣である」と、はっきり書いています。

アンパンを売ることは、それが生活のためである限り、そこに偽善はありません。それは他者との関係性のなかで強いられて、「やっていること」です。しかし、『アカハタ』を売ることは違います。『アカハタ』を売ることは、目の前の生活とは関係なく、知識人の「言っていること（きれいごと）」を押しつけることなのです。少なくとも吉本隆明において、生活と知識の軽重は明白でした。

その上で、吉本は、こうも書いていました。

《もしも労働者に「前衛」をこえる方法があるとすれば、このような「前衛」的なコミュニケーション〔進歩的理念によって大衆をオルグしようとする行為〕を拒否して生活実体の方向に自立する方向を、労働者が論理化したときのほかはありえない。また、もしも魚屋のおかみさんが、母親大会のインテリ××女史をこえる方法があるとすれば、平和や民主主義のイデオロギーに喰いつくときではなく、魚を売り、飯をたき、子供をうみ、育てるというもんだいをイデオロギー化したときであり、市民が市民主義をこえる方法も、職場の実務に新しい意味をみつけることではなく、今日の大情況において自ら空無化している生活的な実体をよくヘソの辺りで嚙みしめ、イデオロギー化することによってである》（吉本隆明「前衛的コミュニケーションについて」、（　）内引用者補足、『吉本隆明全集6』晶文社、478ページ）

ここで言われている「イデオロギー化する」という言葉は、その字面だけを見れば、これまでの文脈と矛盾するように見えるかもしれませんが、しかし、その内容は常識的なものです。

要するに吉本は「やっていること」（生活）に合わせて、「言っていること」（言葉）を整えよと言っているのです。平和主義や戦後民主主義といった理念を理念として語るのではなく、「魚を売り、飯をたき、子供をうみ、育てる」という生活の現場に足を置きながら、それと矛盾しない言葉を語ることができたときだけ、私たちはそれを信じることができるのではないか、吉本はそう言うのです。

思想（言っていること）を正当化するのは、その足元の生活（やっていること）でしかないのであり、それを導くものこそ「大衆の原像」ではないのか、それが吉本隆明の核となる思想でした。

後期吉本隆明――〈対幻想＝性＝生活〉から〈自然〉信仰へ

しかし、ということは、吉本隆明自身においても重要になってくるのは、まさしく、様々なる前衛的な「意匠」を拒みつつ、まずは私たち自身が生きている「生活」に足を下ろし、そこに生まれてくる「直観」を拾い上げ、それを言葉にしていくということになりはしないでしょうか。これは、小林秀雄にも通じる主題ですが、ここで興味深いのは、その「生活」の底に、吉本が見いだしていたものでした。「伝統」を語った小林とは違って、吉本は「大衆の原像」の底の方に「自然としての性」を見出すのです。

そして、ここでもまた「直観」と同じことが言えます。

性というのも、実は選べないものの代名詞なのです。LGBTQも含めて、セクシュアリティA、セクシュアリティB、セクシュアリティCがあって、「僕はCを選ぶ」というわけにはいきません。「直観」の議論も同じでしたが、つまり、人は男性に生まれてしまっている限りにおいては男性の感覚を、女性に生まれてしまっている限りにおいては女性の感覚を持っているのです。

もちろん、そこには個人差もあるでしょうし、偏差もあるでしょう。が、自分が男性／女性である（あるいはその混合である）という意識は自由に操作することはできません。そして、私たちは、その「性」に基づいて他者と関係し、それによって子供を産み、また育てることになるのです。

なるほど、それでも自分の性を認められない人はいるでしょう。しかし、自分自身の性を否定するにしても、そこに自分が存在する限り、その前提として、親の「性」が存在していたことまでは否定できません。吉本隆明は、その事実に「自然」を見るのです。

ということは、さらに吉本は、全ての人間存在の底に「性としての」、あるいは「動物としての」存在を見出していることになります。つまり、家族の存在、共同体の存在、そして、その共同体のなかで育まれる人間の無意識の存在も含めて、それらを成り立たせているものとして、吉本は「性」を語ることになるのです。

実際、昭和39年（1964）に吉本隆明は、「性についての断章」というエッセーを書いていましたが、そのなかには、後に『共同幻想論』のなかで「共同幻想」「個人幻想」と対比される形で提示される「対幻想」の原初的イメージが述べられていました。

ここで少し用語説明を差し挟んでおきましょう。「共同幻想」というのが、イデオロギーを含めた大きな社会観念だとすれば、「個人幻想」というのは、その社会観念には還元し切れない私的感覚を担った自己イメージのことだと考えておけばいいでしょう。つまり、この二つの言葉には、以前から吉本が語っていた社会と個人の対立のイメージ——この「対立」のことを吉本は「逆立」と言います——が仮託されていたのです。

しかし、どうしても「共同幻想」(社会)と「個人幻想」(個人)が逆立(矛盾)してしまうのだとすれば、私たちは、どうやって現実に他者との社会生活を営んでいけばいいのでしょうか？　そのとき吉本が提示した言葉が「対幻想」でした。「対幻想」というのは、簡単に言ってしまえば、「対のカップリング」のことです。夫婦、親子、兄弟、姉妹などなど、それは、国家のイデオロギー(共同幻想)よりは身近にあって、孤独な挫折や失語体験(個人幻想)よりは広がりのある観念です。

そして、ここで重要になってくるのが、その「対幻想」(カップリング幻想)こそが、「個人」と「共同」性とを橋渡しする人間の基礎であるという吉本の認識です。

「性についての断章」を少し読んでおきましょう。

《わたしが〈性〉にまつわる生活に関心をおくとすれば、婚姻し、子供をうみ、生活し、育て、やがて老いて死ぬという順序でくりかえされる大衆そのものの〈性〉にじぶんをかぎりなく近づけようとする態度である。〔中略〕〈性〉は、そこではおそらく自然としての〈性〉にちかいものであり、やはり近代的な性愛というような概念の否定態として存在している》(吉本隆明「性についての断章」、『吉本隆明全集7』晶文社、294〜295ページ)

ここで「近代的な性愛」が否定されているのは、吉本の言う「性」が意識的な対象ではないからです。つまり、「性」とは、個人と個人との自由な恋愛によって見出されるようなセクシュアリティではないということです。その上で、吉本は次にように語っていました。

《及ばずながらこのような自然的な〈性〉の生活に、思想的な根拠を与ええたならば、というわたしの希求は去らない》（「性についての断章」、『吉本隆明全集7』晶文社、295ページ）

吉本隆明は、端的にこの「自然的な〈性〉」に基づいて思想を立ち上げたいと言うのです。それは「対幻想」が孕（はら）むエロスに基づいて思想を立ち上げたいと言っているのと同じことです。

なるほど、たしかに個人は、共同体のイデオロギー（共同幻想）と逆立し、その結果、孤独な情念に苦しんだり、ルサンチマンに塗（まみ）れたりもするでしょう。それは戦前の国家主義イデオロギーにしろ、戦後の平和主義イデオロギーにしろ、同じことです。

では、そこから再び空想的な観念に飛翔しようとする「個人」を、どうやって現実的な他者との関係に引き留め、その「自立」を担保するべきなのでしょうか。

そのとき、吉本が語っていたのが「婚姻し、子供をうみ、生活し、育て、やがて老いて死ぬという」非常に単純で常識的な事実でした。つまり、家族を持ち、子供を産み、そこに生命の営みを続けるという、私たちが自然に引き受けてきた「やっていること」だったのです。そして、この揺るがぬ大衆の事実に基づいて吉本は、後期の思想へと向かっていくことになります。

ここまでくれば、吉本隆明が最終的に辿り着いた場所が、どこか小林秀雄の〈直観―自然〉とも似た、日本人ならではの「自然」信仰と近いものだったと言っても、嘘にはならないでしょう。

親鸞
（承安3＝1173年〜弘長2＝1262年）

実際、1970年代以降、吉本隆明は親鸞の語った「自然法爾（じねんほうに）」を論じるようになっていきます。「自然法爾」というのは、文字通り、人為的な力を加えずに、あるがままの「自然」に従うことを語った仏教用語ですが、それを親鸞は、「自力」のはからいを超えて、阿弥陀如来の「他力」にまかせきる姿と重ねながら、自らの信仰心を語っていました。そこに、吉本隆明もまた、自分自身の思想＝姿を重ねていました。

《〈知識〉にとって最後の課題は、頂きを極め、その頂きに人々を誘って蒙をひらくことではない。頂きを極め、その頂きから世界を見おろすことでもない。頂きを極め、そのまま寂かに〈非知〉に向って着地することができればというのが、おおよそ、どんな種類の〈知〉にとっても最後の課題である。この「そのまま」というのは、わたしたちには不可能にちかいので、いわば自覚的に〈非知〉に向って還流するよりほか仕方がない》（吉本隆明『最後の親鸞』ちくま学芸文庫、15ページ）

これが「戦前」と「戦後」の断絶に突き放され、その孤独に苦しんだ吉本隆明という批評家が辿り着いた場所でした。〈知識＝イデオロギー〉を超えて、己に与えられた「自然」に着地すること、ここにおいてようやく、時代を超えた「安心」と、揺るがぬ「信仰」を得ることになるのです。

本講では吉本隆明の「批評」に焦点を当ててお話をしてきましたが、次講からは、戦後社会の変化を辿りながら、吉本隆明以降の「批評」についても、お話できればと思っています。

第6講

江藤淳と柄谷行人、1960年代に彼らが感じた焦燥感とは

小林・吉本以降の批評:江藤淳と柄谷行人

60年安保と高度経済成長の影響

前講まで、小林秀雄と吉本隆明の「批評」について見てきたわけですが、本講では、それ以降の批評のあり方について見ていくことにしましょう。小林と吉本においては、明確に「自然」への信頼感があったのですが、この信頼感が、その下の世代の批評家のなかから次第に失われていくことになります。

具体的に名前を挙げれば、江藤淳と柄谷行人です。

この二人も、小林秀雄と吉本隆明がそうであったように、世間的な括りでは、一方は「右」（江藤）で、一方は「左」（柄谷）ということになりますが、実は、その「自然」に対する感覚は、驚くほどに似ているところがあります。本講においては、彼らの履歴を追うことまではしませんが、時代の流れを確認しながら、彼らの認識の変化が何に由来していたのかを見ておくことにしましょう。

まず、前講で取り上げた吉本隆明が活躍した時期は、1950年代の半ばから1960年代にかけての「政治の季節」でしたが、その頃から高度経済成長は始まっていました。そして、それが次の時代である「経済の季節」を用意することになるのです。

ここで、私たちの意識を変えた事件として、次の二つのことに注目しておきたいと思います。一つは昭和35年（1960）における「60年安保闘争」の敗北であり、もう一つは、その後にやってくる経済成長と、それによる「生活感覚」の変容です。

まず「60年安保闘争」の敗北ですが、それが意味していたのは、「戦後レジーム」の固定化（安定化）でした。安保闘争とは、岸信介政権が進めていた安保改定（日米安全保障条約をより安定的なものにするための改定）に対する反対運動だったわけですが、その敗北は、そのまま、〈9条―安保〉体制とでも言うべき、戦後の対米依存体制の確立と、より強固な持続を意味していました。
「平和憲法」と言えば聞こえはいいですが、それは要するに、「戦力が持てない」ことと「交戦権がない」こと、つまり、自分たちの安全保障を自分たちの力で用意できないことを意味しています。もちろん、だからこそ憲法9条を改正しようという動きも出てくることになるのですが、敗戦から日が浅く、また、左翼陣営の強かった当時の状況はそれを許しませんでした。

そこで岸信介自民党政権が考え付いたのが、日米安全保障条約の改定だったわけです。これによって、戦後の平和主義を維持しつつも（憲法改正をせずに）、アメリカから安全保障を調達し、さらに経済政策にも集中するという体制ができあがることになります。これが〈9条―安保〉体制とも言うべき「戦後レジーム」の実態でした。

しかし、そうなると次第に、「国家の当事者意識」は溶解していかざるをえません。政治学的な定義で言っても、国家最大の主権は、憲法制定権と交戦権の二つですが、戦後日本は、そのどちらをも経験しないまま、口先で平和を唱えながら、裏では安保に頼るという偽善に甘えていくことになるのです。となれば、時が経てば経つほど、日本人は「国家とは何か」が分からなくなっていってしまっても不思議ではありません。

そして、もう一つの、高度経済成長による「生活感覚」の変容ですが、それによって私たちは「生活」のリアリティ――吉本の言葉で言えば「大衆の原像」――を希薄化させていくのです。

とくに1960年代、農村から都会への人口移動は激しくなっていきます。その象徴が、義務教育を終えると同時に大都市に出ていった「金の卵」と呼ばれる中卒者の存在でしょう。就職口を求めて農村を離脱した彼らの大半は、日本の経済成長に合わせて成長し、その後の戦後日本を支える中間層となっていくのです。

が、その豊かさの裏で、日本人の生活感覚は希薄になって行きました。高度成長期、日本は年率10パーセント前後の経済成長を果たすことになりますが、そうなれば、つい5年前の風景も、ガラリと変わっているということになりかねません。そんな激しい環境変化のなかで、自分が自分であるという確かな手応えやリアリティが後退していってしまうのです。

しかも、そこに物質的な豊かさが加わることによって、生活のリアリティは、より希薄になっていきます。「生活するには、どうしてもこれが必要だから、これを買う」という必然性は後退し、「必要ではないけど、オシャレに見えるから買う」とか、「必要ではないけど、ないよりはあった方がいいから買う」とかいう、生活の「必要」からかけ離れた、自由で曖昧な消費生活が全面化していくのも、この頃のことでした。

しかし、そうなると、私たちの「自然」は、ますます見えにくいものになっていってしまいます。

「必要」というのは、私たちの生活と欲望を規矩(きく)する「自然」の別名ですが、それなら、その「必要」から自由になっていく過程は、私たちが私たちの「自然」を見失っていく過程でもあったと言えるかもしれません。「土地」から自由になり、「生活」から自由になり、「家族」から自由になっていくということは、すなわち、私たちが、私たち自身の「自然」から自由になっていくことであり、また、私たちが、私たちの現実感覚をも見失っていってしまうことでもありました。

そんななか、文芸批評家たちもまた、現実感の希薄さに、ある種の焦燥を覚えることになります。というのも、これまで述べてきたように、文学・文芸批評の営みとは、「自然」に身を横たえ、そこから立ち上がってくる声に耳を傾けることで、自分たちが蒙っている断絶とその葛藤を乗り越える営みだったからです。

とすれば、「自然」を見失うことは、ほとんど「文学」を見失うことと同義だったと言っていいでしょう。これ以降、批評家は、ますます、「どこに自分の根拠を置いて、誰に向かって言葉を書けばいいのか」が分からなくなっていきます。

父性原理と母性原理の視点で捉えた江藤淳の批評

それを、最もわかりやすい形で語ったのは江藤淳でした。

彼は「純粋戦中世代」よりは少し下の、昭和7年（1932）12月生まれで、日本の敗戦を13歳で経験している世代です。

幼年期における母との死別や、戦後における家族の没落など、文壇デビュー前の江藤淳は多くの傷を抱えていました。が、それでも、思春期を戦後の新しい教育と共に過ごし、慶應義塾大学の学生の身分で書いた『夏目漱石』（昭和31＝1956年／江藤淳23歳の時）で注目を浴び、一躍新時代の「批評家」となった江藤淳に、分かりやすい挫折感のようなものは見当たりません。にもかかわらず、江藤淳のなかには、いつも「何かがおかしい」という違和感が存在し続けていました。

その後、60年安保闘争の敗北を経験し、ロックフェラー財団の奨学生としてアメリカに渡り、プリンストン大学で教えた江藤淳は、昭和39年（1964）、高度成長真っ只中の日本に帰国し、いよいよその違和感の正体を同時代の文学の中につきとめようとします。そして書かれたのが、『成熟と喪失――“母”の崩壊』（昭和42＝1967年）という本でした。

この本のなかで江藤が問うていることを簡単に纏（まと）めれば、要するに、〈国家における父性原理を失い、伝統的な農耕社会における母性原理をも喪失したとき、果たして裸の個人＝戦後日本人は、どうやって生きていけばいいのか〉ということでした。

ここで言う「国家の父性原理」というのは、「天」の思想（儒学

厚木海軍飛行場に降り立ったダグラス・マッカーサー（右から2人目）

や武士道）を背景とした戦前の「皇国思想」のことです。つまり、戦前は、天皇の超越性が確固として担保されており、それによって国家のアイデンティティや凝集性が成り立っていましたが、しかし、戦後は、それを失ってしまったのだと江藤は言うのです。

そして、さらに江藤は、戦後の高度経済成長は、日本の農耕社会に伝統的に根付いていた価値観も壊してしまったのだと言います。工業化した社会のなかで、農耕社会の「母性原理」、つまり、母子密着型の日本的な「甘えの論理」もなくしてしまったのだと。

では、私たちは、何を頼りとして生きていけばいいのか……。『成熟と喪失―“母”の崩壊』（昭和42＝1967年6月）のなかで、江藤淳は次のように書いていました。少し読んでおきましょう。

《占領時代には彼ら〔アメリカ人〕が「父」であり、彼らが「天」であった。〔中略〕しかし占領が法的に終結したとき、日本人にはもう「父」はどこにもいなかった。そこには超越的なもの、「天」にかわるべきものはまったく不在であった。もしその残像があれば、それは「恥かしい」敗北の記憶として躍起になって否定された》（江藤淳『成熟と喪失―“母”の崩壊』講談社文芸文庫、151ページ）

ここで言われている「残像」というのは、天皇の存在を指しています。つまり、私たちのなかにあった「天」に繋がる超越的価値観は全て、アメリカに敗けた「恥ずかしい」記憶として否定されなければならなかったのだと。それが「戦後」という時代なのだと。

しかし、そうなると、「これが価値である」と垂直的に価値判断する「父」の像も曖昧になってこざるを得ません。実際、『成熟と喪失』が論じていた「第三の新人」（安岡章太郎、小島信夫、吉行淳之介、遠藤周作などの戦後作家）が描く父親像は、徹底的に不自然、かつ見すぼらしいものでした。そこには、まさに「父」のモデルがないのです。だから男たちは、家族を営む上で「父」を適切に演じることができず、いつも上滑っていくしかありませんでした。

それを確認した上で、江藤淳は次のように続けます。

《この過程はまさしく農耕社会の「自然」＝「母性」が、「置き去りにされた」者の不安と恥辱感から懸命に破壊されたのと表裏一体をなしている。先ほどいったように、今や日本人には「父」もなければ「母」もいない。そこでは人工的な環境だけが日に日に拡大されて、人々を生きながら枯死させて行くだけである》（同書151ページ）

つまり江藤は、戦後が「父」のみならず、「母」をも否定してしまったと言うのです。日本の農耕社会のなかにあった「自然」は、過去に「置き去りにされた」ものとして、つまり、遅れた伝統として躍起になって否定されたのだと。

そして問うのです。今、「父」も「母」もなくしてしまった私たちは、まさに人生の役割（宿命感や生き甲斐）を失い、一人、人工都市のなかに置き去りにされて、ただゾンビのように生き延びているだけではないのか、生活のリアリティを失って「枯死」していっているだけではないのか……と。それが、戦後社会に対する江藤淳の診断でした。

「包括的な歴史概念」がどこにも存在しない

『成熟と喪失』刊行の翌年の昭和43年（1968）、東大安田講堂占拠事件を受けて後、江藤淳の危機感は加速していきます。そして、自分が失った「父」と「母」とを取り戻そうとするかのように江藤は、自分に繋がる一族の歴史を記した『一族再会』（昭和48＝1973年）を書き、さらに「戦後」の起源へと遡行するように、GHQによる日本占領研究――『忘れたことと忘れさせられたこと』（昭和54＝1979年）――に向かっていくのでした。

ところで、その間の江藤淳の焦燥が分かる文章が残されています。「歴史・その中の死と永生」と題された昭和44年（1969）に書かれたエッセーです。読んでおきましょう。

《おそらく焦燥の根源は、「体制」の「共謀」よりはもう少し奥深いところに、私たちの外によりは内にある。つまりこの解体し、流動化して行く世界像を有機的に再構成するだけの、新しい包括的な歴史の概念がどこにも存在しないことが、私たちをかぎりなく苛立たせ、不安にするのである。〔中略〕周囲に存在する文学や思想に関する概念が、にわかに断片的・人工的なものに見えだし、私の過激な情念とそれらとのあいだには黒々とした虚空が見えた。「小説」という概念も「批評」という概念も、折紙細工のように吹けば飛ぶほどのものに見え、そこからはみだした剰余の部分だけが目についた。要するに世界は、「私」という概念をも含めて剝落しつつあると見えた》(江藤淳「歴史・その中の死と永生」、『江藤淳著作集続3』講談社、36〜37ページ)

ここで決定的なのは、「包括的な歴史の概念がどこにも存在しないことが、私たちをかぎりなく苛立たせ、不安にする」という江藤の言葉です。つまり、明治維新によって日本の前近代と近代の歴史的連続性を失い、そして、敗戦によって戦前と戦後の歴史的連続性をも失ってしまった私たちは、さらに戦後になってからは、近代日本が苦心して作り出した「父性原理」と、前近代から続いてきた「母性原理」をも自ら否定したのでした。とすれば、私たちを包み込む「歴史の概念」など、どこを探しても見つかるはずがないではないか、それが江藤淳の絶望の淵源にある認識でした。

歴史を見失ったとき、私たちは、何をよすがに他者と関わり、何を根拠に他者との絆をつくればいいのでしょうか。それが、よく分からない以上、「国家」を作り上げることも、「国家」を担うことも、そして「国家」の主権を行使することも不可能です。

しかし、だからこそ、江藤淳は、1970年代〜1980年代の膨大な時間を戦後の起源を問い返す「歴史」研究(GHQの占領政策や憲法制定についての研究)に捧げたのでした。

ただし、ここで忘れてはならないのは、彼が「政治学者」や「社会学者」だったからではなく、「文学者」だったからこそ、「歴史」に向き合ったのだということです。「歴史」の記憶を取り戻さない限り、私は私の人生を味わうことさえできないのではないか……江藤淳における、戦後の喪失感は深かったと言うべきでしょう。

柄谷行人における「現実感」の喪失

そして、この感覚は、後の世代にも引き継がれていきます。

重要なのは柄谷行人の言葉です。柄谷行人は、第１講でも見たように、小林秀雄と吉本隆明の底に「自然」を見出した批評家でしたが、それと同時に、江藤淳に影響された夏目漱石論（「意識と自然」昭和44＝1969年）でデビューしたという批評家でもありました。つまり、柄谷行人という批評家は、小林と吉本の「自然」への信仰を頭では理解しながらも、しかし、夏目漱石―江藤淳と連なる「不安」の感覚を引き継いでもいた批評家だったのです。

昭和16年（1941）生まれの柄谷において、「戦前」の記憶はほとんどなかったはずですが、そんな彼が、高度経済成長も終わりを迎えつつあった頃（昭和46＝1971年）、江藤淳にも通じるような"現実感の希薄さ"を主題として「内面への道と外界への道」というエッセーを書いていました。読んでおきましょう。

《率直にいえば、私自身にも現実感はほとんど稀薄である。むろんそれは私が「現実」に眼をそむけているという意味でも、関心をもたないという意味でもない。関心ならありすぎるほどあり、それでいて何の痕跡も私の内部にとどまらぬという意味である。〔中略〕

見かけは華々しく「現実」に接触しているようにみえながら、実は深い霧のなかに沈みこんでいる。どんな重々しい切実な体験も、この霧にのみこまれると、たちまちはてしなく遠のいていく。たとえば「全共闘」運動があり三島事件があり、おびただしい事件があった。しかしその渦中にいた私と現在の私とのあいだに確実な自己同一性を認めることはできない。あえて認めようとすればするほど、言葉は虚偽にまみれてしまう。「現実」はある、が現実感がない。とすれば、むしろ「現実」の方が疑わしいのだというべきだろうか》（柄谷行人「内面への道と外界への道」、柄谷行人『畏怖する人間』講談社文芸文庫所収、322～323ページ）

ここで江藤淳の言葉を借りれば、全共闘運動や三島事件（三島由紀夫の割腹）などのおびただしい事件はあったにはあったが、しかし、それを「有機的に再構成するだけの、新しい包括的な歴史の概念がどこにも存在しない」のです。だから、事件は全て断片化し、それは何の痕跡も心に残さないまま通り過ぎていきます。

なるほど対米依存と高度経済成長によって、確かに私たちは豊かになりました。が、それと同時に、柄谷が指摘するように、私たちは私たちの「現実感」をも失ってしまったのではないでしょうか。つまり、私たちを取り巻き、私たち自身がそれであるところの「自然」の感覚、その手応えを失ってしまったのではないかということです。

柄谷行人に関して言えば、だからこそ彼は、この虚構とも見えかねない「現実」の外に出るために、まずは、その現実を成り立たせている「秩序」を脱構築する方向（秩序の矛盾点を見つけ、その秩序を相対化する方向）へと向かい、それでも「現実」に帰ることができない自分自身を持て余すかのように、冷戦が終わってからは「コミュニズム」や「世界共和国」という“理念”の方に向かっていくことになります。が、それはまた別の話です。

本講では、小林秀雄と吉本隆明以降に、私たちのリアリティがどれだけ擦り切れていったのかについて、江藤淳と柄谷行人の言葉を通じて見ておきました。

次講では、これまでの講義を纏（まと）めると同時に、後半の講義へと向かうための準備運動をしておきたいと思います。

第7講

小林秀雄“最後の弟子”福田恆存の言葉と日本人の「自然」

あらためて問われる日本人の「自然」

個人の生き方の根拠は「包括的な歴史観」にある

前講では、高度経済成長以降、私たちの現実感がいかに希薄になっていったのかについて確認しておきました。では、改めて、その手応えを失った現実のなかで、私たちは一体何ができるのでしょうか。あるいは、その現実感を取り戻すためには、どのような一歩が必要なのでしょうか。本講義では、私たちの「次」に向けた議論を用意しておきたいと思います。

まず、江藤淳が言う「包括的な歴史観」という言葉ですが、なぜ私たちは、その「歴史観」を必要としているのかについて、基本的なことを押さえておきたいと思います。

まず、結論を言ってしまえば、「包括的な歴史観」がないと、私たちは、私たち自身に「自信」が持てないのです。

これは人生の問題と同じですが、私たちは過去の歩き方（経験）を記憶しながら次の一歩を出すのであって、そこに一切の記憶（歴史観）がなかったとしたら、私たちは、次の一歩をどこにどうやって出すべきなのかが分からないでしょう。

実際、経験や記憶の少ない高校生や大学生に、根拠のある「自信」を求めても、それに応えられる若者は少ないはずです。もちろん彼らにも「直観」はあります。が、まだ、それを「経験」と重ね合わせながら適切な言葉にしていくだけの時間が足りません。若者にとって、目の前の事実はまだ纏（まと）まりを持たない断片であって、未来は見通しのつかない暗闇（可能性）なのです。

しかし、それでも試行錯誤しながら経験を積んで行った先で、私たちは、「右に行ってもダメで、左に行ってもダメなのだから、おそらく、ここが私にとっての中点（中庸）なのだろう」という「道」を見出します。もちろん、その時期は人によって違いますが、真剣に生きていれば、だいたい30歳～35歳あたりに「道」は見えてくる。まさに論語の「三十にして立つ」ですが、私たちは、この「道」によって進むべき方向を見出し、放っておけばバラバラになってしまう経験を「包括」していくのです。

そして、それは、有機体としての国の歴史も同じです。私たちは、私たちの「包括的な歴史観」によって、国や人が生きるべき「道」を見出すのであって、それなくしては、国も人も、自信ある一歩を踏み出すことができません。

さて、そのことを踏まえた上で、昭和から平成に向かう1980年代～1990年代に目を向けると、そこで否定されていたものが、まさに「包括的な歴史観」だったことが分かるでしょう。

その頃、言論界においては、「ポスト・モダニズム」という言葉が流行っていましたが、そこで語られていたのが、「大きな物語の終焉」という主題でした。この場合、「大きな物語」というのは、マルクス主義をも含めた近代以降の「物語」、つまり、「時代は未来に向かって進歩していくはずだ」という近代以降の包括的な歴史観のことを指しています。

なるほど、たしかに進歩主義は終わってもらっても何も困りませんが、彼らが間違っていたのは、「だからもう、包括的な歴史観なんてものは全ていらない」とまで言ってしまったことでした。彼らは言います、「大きな物語は終わったんだから、あとは、個々人が、個々人の小さな物語と戯れていればいいのだ」と。

たとえば、「ポスト・モダニズム」の思想的起源の一つに、哲学者のニーチェがいることはよく指摘されます

フリードリッヒ・ニーチェ
（1844年～1900年）

が、そこで引かれるのは、『権力への意志』のなかの次のような一節でした。

《現象に立ちどまって「あるのはただ事実のみ」と主張する実証主義に反対して、私は言うであろう、否、まさしく事実なるものはなく、あるのはただ解釈のみと。私たちはいかなる事実「自体」をも確かめることはできない。〔中略〕

総じて「認識」という言葉が意味をもつかぎり、世界は認識されうるものである。しかし、世界は別様にも解釈されうるのであり、それはおのれの背後にいかなる意味をももってはおらず、かえって無数の意味をもっている。——「遠近法主義。」》(フリードリッヒ・ニーチェ著、原祐訳『権力への意志(下)』ちくま学芸文庫、27ページ)

ここでニーチェが言っている「遠近法主義」というのは、その人の「主観」の近さ(善さ)と、遠さ(悪さ)によって描かれた風景画のようなものだと考えていいでしょう。言い換えれば、その人の「生」が高揚するか否かを規準=視点として世界を眺める解釈図式です。つまり、ニーチェが言いたいのは、「世界には一つの真理(大きな物語)があるのではなく、それは、各人の視点によって、いくらでも変容し解釈し直せるのだ」ということです。

それでもニーチェにおいては、ギリギリ「生の高揚」という基準が示されていました。が、それも一つの(ニーチェ個人の)「解釈」でしかありません。しかし、そうなってしまえばもはや、他者と共に納得できる〈真理=大きな物語〉はどこにもないし、江藤淳の言う「包括的な歴史観」も必要ではないということになってしまいかねません。これが「ポスト・モダニズム」の主張なき主張でした。

グローバリズムの急拡大で加速した心の荒廃

しかし、こうなるともう、私たちが、他者と共に折り合って生きていくためのよすがは、どこにもなくなってしまいます。Aさんは Aがいいと言い、BさんはBがいいと言い、CさんはCがいいと言う……、ただそれだけのことです。あとは、「何が妥当な意見なのか」「何が真理なのか」とは全く関係のない、「どの意見の数が多いのか」という多数決が幅をきかせることになります。

となれば、モノを言うのは宣伝力と、その宣伝を担うことのできるメディアや、そのメディアを操ることのできる資金力ということになるでしょう。その結果、私たちの共同性を成り立たせている「自然」はますます見えないものとなり、私たちの生活を成り立たせてきた「常識」はバラバラに解体していきます。

そして、この傾向が一気に加速したのが、1990年代から2000年代以降の時代ではなかったかと、私は考えています。

先ほど、1980年代に流行った「ポスト・モダニズム」については触れておきましたが、それとほぼ軌を一にして登場し、その後の世界を席巻したのが「ネオ・リベラリズム」(新自由主義)という経済イデオロギーであり、また、それによって加速していった「グローバリズム」という政治経済的な現象でした。

この「ネオ・リベラリズム」と「グローバリズム」の本質を一言で纏(まと)めてしまえば、要するに「資本主義の加速」です。「資本(お金)」が、国家的な規制(コントロール)を超えて動くことによって、本来なら「お金」に還元できないものまでもが、私たちの「常識」を裏切って、「お金」に還元されていくことになるのです。

たとえば、カール・ポランニー(1886年~1964年)という経済学者は、私たちの生活の基盤を成している「労働」と、「土地」と、

「貨幣」（商品ならざるもの）について、それらを「お金」に還元しようとすれば、私たちの「社会」は、必ずや「悪魔の碾き臼」に擦り潰されてしまうだろうと言っていました。

カール・ポランニー
（1886年〜1964年）

まず「労働」とは、人生の別名です。というのも、人が働くまでには、家族の世話、学校による教育、そして文化的な常識がなければならないのと同時に、その人は、その労働によって、社会と関わり、またその稼ぎによって生活を営んでいくことになります。それを全て「お金」の問題（商品）に還元してしまえば、その人の人生は壊れてしまいます。

また「土地」は、そこで人が育つ自然や文化の別名です。「土地」は、モノのように、こちらからあちらへとは動かすことができないと同時に、そこには歴史と記憶、そして文化が染み付いています。それを全て「お金」の問題（商品）と考えて、自由に交換すれば、私たちの文化は破壊されてしまうでしょう。

そして「貨幣」は、そんな人と文化とを包摂する国家の信用力の別名です。その国に住む人々が適切に税を納め――あるいは国家が徴税し、それによって貨幣に対する信用を調達できる限りで、国は適切に通貨発行を行うことができるのです。それを全て市場にのみ任せてしまえば、商品交換を行う市場自体が壊れてしまいます。

しかし、「ネオ・リベラリズム」と「グローバリズム」は、手を取り合って、これらのものを「市場のお金」へと還元していったのです。

その結果、何がもたらされたのでしょうか？　際立った現象は二つあります。先進国と新興国との覇権競争（たとえば、米中覇権戦争）と、先進国内における格差拡大＝分断です。

それまでは国家単位の規制によって動きを制御されていた「お金」は、しかし、規制から自由になると、すぐに国を超えて増殖していきました。たとえば、商品生産に関しては、もちろん人件費の安い方が得ですから、投資は人件費の安い新興国（BRICｓと呼ばれる、ブラジル、ロシア、インド、中国など）へと流れていきます。すると、先進国の製造業は衰退していきますから、そこで働いていた多くの労働者が失業することになります。その結果、新興国は豊かさを増し、これまで覇権国だった先進国に対抗するようになります。そして先進国内では、グローバルな投資で儲ける富裕層と、これまで製造業に携わってきた国内労働者＝中間層とのあいだで格差がひろがっていくことになります。

が、その格差拡大は、単なる経済格差では済みません。日本の場合で言えば、投資企業やIT企業が集まる東京への人口集中、農業・製造業の衰退に伴う地方の疲弊、中間層の崩壊、貧困問題、少子化問題などを引き起こしつつ、それがまた、富裕層（海外に目を向けるグローバリスト）と、中間層（国内生活に目を向ける庶民）との価値観対立を呼び寄せ、国内に分断をもたらすことになるのです。

その結果については、もう想像ができるでしょう。中間共同体（労働、土地、信用貨幣など）の支えを失ってなお、「お金」の支えもなくしてしまった個人は、孤立し、浮遊し、次第にその心を荒廃させていくのです。しかも、彼らにおいて、すでに頼るべき「包括的な歴史観」はありませんから、どの方向に向かって解決を図るべきなのかも見えません——しかし、だからこそ、彼らは自分たちの不幸を説明する「世界観」を手に入れ、「友／敵」関係（陰謀論）によって世界を説明しようとするでしょう。

さらに言えば、そのときリベラリズム左翼は、「主観によって世界はいくらでも解釈が可能だ」という「ポスト・モダニズム」の病に侵されているので、社会や国家といった「大きな主題」によって、この問題を解決することができません。

実際、彼らが主張するのは、バラバラになった個人において、その権利を主張する「アイデンティティ・ポリティクス」でした。

彼らは、ジェンダー、人種、民族、性的指向、障害などの微細なアイデンティティ・視点に基づいて、その権利の擁護と拡大を主張します。が、しかし、それらを「包摂(ほうせつ)」する価値観はありません。それゆえにA集団と、B集団と、C集団とは、共に折り合う場所を見つけることができず、単に「自分に権利をよこせ」と闘争を繰り広げる存在へと堕していくことになります。

実際、彼らに疑問を呈する人間は、「差別主義者」というレッテルを貼られ、徹底的に叩かれることになるでしょう。となれば、「差別」ではなくて、社会的「区別」に基づいた社会秩序(＝包摂)を構想するなどということも不可能になっていってしまいます。

一昔前であれば、「そこはそっちが譲ってくれよ、こっちもここまでは譲るから」という形で、お互いに折り合いながら、一つの妥協点を見つけ、そこで秩序形成を行っていました。が、中間共同体＝他者への信頼感が壊れてしまって以降は、そのような形での合意形成は限りなく困難になってしまいました。

今だから再検討したい小林秀雄と吉本隆明の思想

そして、それは、「批評」においても同じことでした。

ここでは、2000年代以降に活躍した代表的な批評家を3人挙げておくことにします。一人は、先ほども触れておいた柄谷行人、もう一人は、ゼロ年代のサブカルチャー批評を牽引した東浩紀、そして最後に、江藤淳によって見出された文芸批評家の福田和也(令和6＝2024年9月20日逝去)です。

まず、柄谷行人ですが、1980年代は、自分の身の回りにある「構造」（冷戦構造や、それに適応した戦後日本）を批判するスタンスを示していましたが、冷戦が終わり、「大きな物語」が機能しなくなった1990年代以降は次第に「左旋回」していきます。2000年代に入ってからは、「資本と国家への対抗運動」を旗印にしたNAM（New Associationist Movement）という社会運動に踏み出し、「世界共和国」という左翼的理念によって、新たな包括性を作り出そうとします。が、それが、まさに「現実感（＝身体性）」なき「理念」でしかなかったために、NAMの運動は、2、3年で空中分解することになりました。

その一方で、2000年代は、もはや社会的な「包括」など無理なのだから、小さな離れ小島のなかで勝手に戯れるしかないという言葉、つまり、オタク文化に対する肯定的な言葉が登場してきます。その最も分かりやすい象徴が、2001年に出た東浩紀の『動物化するポストモダン』（講談社現代新書）でしょう。そのなかで東浩紀は、まさしく「表層の小さな物語」に敢（あ）えて没入することを語っていましたが、それは、まさに「包括」なき「終わりなき日常」（宮台真司）を肯定する言葉だったと言っていいでしょう。

そして最後に、「包括」する物語がないのなら、その「包括の物語」を敢えて仮構（かこう）すればいいではないかと語ったのが文芸批評家の福田和也でした。彼は、もし「日本」が幻想でしかないのだとしても、いや幻想だからこそ、その〈日本＝家郷〉を言葉によって仮構しようと言うのです。それは実質ある「包括」を半ば諦めながら、しかし、その「包括」なしには生きられない人間に対する、敢えての「処方箋」（戦略）だったように見えます。

もちろん、彼らの言葉の全てが嘘だったとは言いません。が、彼らの〈言葉＝意匠〉からは、いつの間にか「自然」に対する信仰が消え去っていることについては見落とすべきではないでしょう。つまり、2000年代以降の言葉には、小林秀雄から吉本隆明までを貫いていたあの〈自然＝宿命〉の手応えが消えているのです。

私たちが、今、ここで命をもって生活しているかぎり、その根底には、その命を生み出した父と母、そして彼ら彼女たちの「性」が存在し、それらが交わったという事実があります。そして、その「自然」の事実を引き受けようとしない限り、この私の「いのち」もまた、健康（＝幸福）な形で営まれることはあり得ません。

ここで、その「自然」の事実について考えるためのヒントとなる言葉を一つ紹介しておきましょう。小林秀雄が「僕の弟子も福田君で終わりだな」（郡司勝義『小林秀雄の思ひ出─その世界をめぐって』文春学藝ライブラリー）と言っていた、その福田恆存の言葉です。

福田恆存については、改めて第10講以降に詳しく論じたいと思っていますが、ここではまず、福田恆存の「ロレンスの黙示録論について」（元は、「近代の克服」の題で昭和22＝1947年に発表）の一節を読んでおきましょう。

《ぼくたちは──純粋なる個人というものがありえぬ以上、たんなる断片にすぎぬ集団的自我というものは──直接たがいにたがいを愛しえない。なぜなら愛はそのまえに自律性を前提とする。が、断片に自律性はない。ぼくたちは愛するためにはなんらかの方法によって自律性を獲得せねばならぬ。近代は個人それ自体のうちにそれを求め、そして失敗した。自律性はうちに求めるべきではない。個人の外部に──宇宙の有機性そのもののうちに求められねばならぬ。ぼくたちは有機体としての宇宙の自律性に参与することによって、みずからの自律性を獲得し他我を愛することができるであろう。愛は迂路をとらねばならぬ。それは直接に相手にむけられてはならぬ。クリスト教もそれを自覚していた。が、ロレンスはその迂路をば、宇宙の根源を通じることによって発見した。それはあきらかに神を喪失した現代にひとつの指標を示すものであろう》（福田恆存「ロレンスの黙示録論について」、D・H・ロレンス著、福田恆存訳『黙示録論』ちくま学芸文庫所収、24〜25ページ）

ここで福田恆存がいう「自律性」は、まさに「自由」という言葉に置き換えてもいいかと思います。

つまり福田恆存は、自分自身の内面（主観的意識）のなかに「自由」を求めるべきではないと言っているのです。「自由」を、主観や内面のなかに見出そうとすれば、私たちはバラバラになるしかありません。まさにニーチェが言うように、そこでは、個人の〈視点＝遠近法〉の数だけ、個人の〈意見＝主張〉が見出されます。そして、そのどれをも否定できない私たちは、むしろ圧倒的な「不自由」を強いられることになります。

だからこそ「自由」は、「個人の外部に――宇宙の有機性そのもののうちに求め」られなければならないのです。

ただし、ここで言われている「個人の外部」とは、「個人の意識の外部」と言った方が正確でしょう。つまり、自分自身がその一部である「宇宙の有機性」に私の意識を従わせること、もっと言えば、私がその一部であるところの「自然」に私自身の意識を相即（そうそく）させること。そこに初めて、その同じ「自然」の一部である他者との交点が見出され、さらには、自分自身の「自然」、つまり「自由」が見出されるのです。

そして、その「自然」は、もちろん、私たちが「どのような土地＝文化のなかに生まれ落ちたのか」「どのような言葉を使って他者とコミュニケーションをしているのか」「どのような文脈＝歴史＝宿命を担っているのか」といったことと無縁ではありません。それらを自覚し直すことで、私たちは私たちのなかに眠る「生命のリズム」を覚醒させ、私たちの共同性を自覚し直し、そこに、私たちの自由な「生き方」を、つまり伝統・文化を甦らせるのです。

そういった観点からすれば、小林秀雄や吉本隆明の「自然」思想は、いまこそ検討され直す必要があるのではないでしょうか。まさしく小林秀雄は〈自然＝伝統＝直観〉の思想から、吉本隆明は〈自然＝対幻想＝大衆の原像〉の思想から、その「自立」を語っていました。

とはいえ、時間も限られています。この「自然」の内実については、改めて「戦後日本史」の大枠を概観した上で、第10講以降、福田恆存の言葉に沿って考えていきたいと思います。

第8講

70年代以降の大衆化、根こそぎ変わった日本人の「自然観」

日本人の「自然観」の変質

「自然」とはいったい何か

前講までで、主に小林秀雄と吉本隆明の2人を題材にしつつ、「文芸批評」とはいったいどのような営みなのかについてお話ししましたが、そこで決定的に重要だったのは「自然」という言葉でした。が、では「自然」とはいったい何なのでしょうか。

ただ、それについて考える前に、もう一度、改めてこれまでの流れを振り返りつつ、問題のかたちを整理しておきましょう。

まず小林秀雄の「批評」が担っていた課題ですが、それは、分裂してしまった前近代と近代の縫合というものでした。小林秀雄は、江戸期までの日本人の生き方と、西洋化・近代文明化以降の日本人の生き方のズレを見つめながら、それをどう縫合していくのかという問いに対して、自分自身の「直観」を武器に、歴史や古典のなかへと足を踏み入れ、そこからさらに、己の「直観」が由来しているところの日本人の「自然」を探索していきました。

また、吉本隆明の「批評」が担っていた課題ですが、それは、分裂してしまった戦前と戦後の縫合だったと言えます。戦前の皇国思想の下で育った自分自身の内面性と、それが一つのイデオロギーでしかなかったことを知ってしまった戦後の自分をどう整合化するのか、それが吉本隆明の課題だったわけです。そして、その問いに答えようとして吉本隆明が見つけ出したのが、「自立の思想的根拠」とも呼ばれるところの「大衆の原像」でした。つまり、〈対幻想＝性〉の必要の上に営まれる人々の暮らし、イデオロギーを超えて自分たちの暮らしを支えてきた「自然」だったのです。

ここで注意しておきたいのは、だから、小林秀雄においても、吉本隆明においても、まだ「内に信じられる自然」の手応えがあったということです。「内に信じられる自然」とは、言い換えれば、“おのずから"湧き上がってくる感情、そして、その感情を支えているところの「常民」への信頼と言ってもいいでしょう。もちろん、その場合の「常民」とは、抽象的な理念ではなく、日本の大地、日本の言葉、日本の歴史に棹さしながら黙々と暮らす人々、自分が強いられ、また組み合ってきたものとの絆からやってくる倫理（エートス）を生きている人々のことです。

その絆があればこそ、彼らは、「私のなかに自然に湧き上がっているものは、おそらく、あなたのなかにも湧き上がっているはずだ」という手応え、その共通感覚への信頼を守ることができたのです。

そして、もちろん、この「共通感覚への信頼」を言語化すれば、そこに現れてくるものこそは、日本人の「感じ方」であり「生き方」だということになるでしょう。それを私たちは、「伝統感覚」と呼んできたのです。

しかし、この「伝統感覚」は、高度経済成長を経て、次第に曖昧になってきます。その経緯については、第7講までの講義のなかで、江藤淳、柄谷行人、東浩紀、福田和也などを取りあげつつ検討しておきました。

日本人の自然観の変質の理由：憲法9条と高度経済成長

では、なぜ日本人の「自然観」は次第に曖昧になっていってしまったのでしょうか？

結論から言ってしまえば、1970年代以降の「大衆化」（オルテガ）が決定的だっただろうと私は考えています。ただし、この場合の「大衆化」というのは、吉本隆明の言う「大衆の原像」とは全く関係がありません。それどころか、むしろ「大衆の原像」とは正反対の概念だと言った方がいい。これについては後述するつもりですが、要するに、吉本隆明の「大衆の原像」という言葉には、大地に根ざした民衆や庶民、つまり「常民」のニュアンスが強いのに対して、オルテガの言う「大衆」は、自己を支える「自然」を見失ってしまった人々の群れといったニュアンスがあります。

もちろん、大衆化の流れは1970年代から始まった話ではなく、それ以前からずっと続いてきた現象でした。が、それがひとまず完成するのが、1970年代の初頭――つまり、高度経済成長が終わり、極左革命運動が行き詰まり（あさま山荘事件）、三島由紀夫の自決が起こった時代だったのです。

では、1970年代の大衆化を用意したものとは一体何だったのでしょうか？　それを、改めて三つの点で纏めておきましょう。

まず一つめは、〈憲法第9条―安保〉体制の固定化です。

これについては先述しておいたので簡単な復習に留めますが、要するに「言っていること」（平和憲法）と「やっていること」（安保条約による米軍の駐留）の矛盾と、それに伴う主体性の溶解です。

口先で軍隊はいらないと言いながら、その裏でちゃっかりと米軍駐留だけは求めるというダブルスタンダードの固定化。それが固定化すればするほど、私たちの人格的統合は不可能になり、その「臭いもの」に蓋をすればするほど、私たちの主体性は麻痺していきます。60年安保闘争では、その矛盾について、「やっていること」（安保）を「言っていること」（憲法）に合わせよう――つまり、安保改定阻止、安保粉砕を言ったわけですが、その敗北以後、この矛盾について触れられることはなくなっていきます。

そして、この矛盾を長年続けると、自己矛盾に鈍感になるばかりではなく、「国家における当事者意識」が完全に溶解していきます。「軍事」というのは、危機において「自分が主体（主権）として決定する」意識と不可分ですが、この当事者意識が、この〈9条―安保〉体制のなかで、溶けてしまうことになるのです。

そして、二つめが、高度経済成長に伴う「故郷喪失」です。

これは、後でもう少し詳しく述べたいと思いますが、要するに、「土地からの離脱」と、それに伴う「宿命感」の後退です。それこそが近代的な「自由」の実現なのだと言えば聞こえはいいでしょう。が、それが同時に、「家」や「生活」など、「与えられた自然」「強いられた自然」に対する日本人の感性を大きく変容させてしまうのです。そしてそれがまた、日本人のなかに「自然なしでもやっていける」かのような錯覚を生み出していきます。

そして三つめが、自然の後退に伴う「消費社会」の拡大です。

消費社会というのは、「必要」のないものを次々に商品化し、それを広告によって売っていく社会です。実際、腕時計や靴や服などは、一度買ってしまえば、それが使える限りは買い替える必要はありません。が、広告などで、それが繰り返し宣伝されると、私たちは、「必要」でなくても、それを欲しがってしまうことがあります――たとえば、新しいもので気分を変えるために、あるいは人に見せびらかし自慢するために――。

そうすると、本来、必要ないものが身の回りに溢れてくるわけで、次第に、私たちの生活は人工的なものになっていきます。と同時に、その消費生活は、他者との関係をも希薄にしていってしまうでしょう。たとえば、昔なら大家族で手分けをするしかなかった料理や掃除も、今や、家電を使えば、それらは全部ひとりで賄うことができるのです。こうして生活はますます抽象的になり、それを営む上での共同性＝現実感も後退していくのでした。

日本人の生活において、それが全面化していったのが、だいたい1970年代から1980年代だったといっていいでしょう。

根こそぎ変わった日本人の感覚

ここでもう一度、柄谷行人の言葉を読んでおきたいと思います。これは、先の引用とは違う「生きた時間の回復」というエッセイ（昭和48＝1973年）からの引用ですが、柄谷は、「現実感の希薄さ」の背後に、まさしく「時代の変化」を見透かしていました。

《私は、数年来見かけはいかに華々しくとも、その核心に稀薄（きはく）な機械的なものしか感じられぬ事件を見聞してきた。そこには、「生きた時間」から遊離していてそれを必死に埋めようとするこわばり、自動現象があったのである。文学作品にも、それがいろんなかたちであらわれている。〔中略〕

具体的にいえば、われわれはここ十年ほどの間に生活形態に著しい変化を蒙（こうむ）っている。それ以前には、文学者は農耕と結びついたじめじめした停滞的（ていたいてき）な「時間」を眼の敵にしていた。しかし、現実に日本の農業人口が激減するような変化があってその問題は外から消滅してしまったのだが、かわりに得たのは「生きた時間」ではなく、計量された時間である。〔中略〕人間があいまいにぼやけてきたのは、われわれの生活様式そのものからくる現象である》（柄谷行人「生きた時間の回復」、柄谷行人『意味という病』講談社文芸文庫所収、270〜271ページ）

「農業人口の激減」に伴う「生活形態」の変化が、私たちの現実感＝リアリティを変えてしまったのだと、柄谷は言います。

実際、これは数字で見た方がはっきりするかもしれません。

先ほど、高度経済成長期の農村から都市への人口流入（故郷喪失）について簡単に触れておきましたが、当時の農家の跡取りの半分以上、地域によっては7、8割までが他業種に就職したと言われます。そして、それを象徴していたのが、まさに中卒者（金の卵）の農村から都市部への集団就職でした。1961年の中卒者のうち38％が出身県外就職で（うち93％は東京、大阪、愛知の三大都市圏）、ということは、約四割が故郷を離れ、都会での暮らしへと向かっていったということです。そして、彼らの増加によって、1962年には、東京の人口は1000万人を超すことになります。

スバル360。1958年から1970年まで生産され、マイカー普及に貢献した

もちろん、それに伴って家族関係も変わっていきました。

高度成長以前、日本人の2人に1人が暮らす農村部では伝統的に三世代同居の「大家族」が普通でしたが、都市への人口流入で「単身世帯」と「核家族」が増えていきます。と同時に、その「核家族」を支える労働者は、第1次産業の農業ではなく、第2次、第3次産業、つまり製造業やサービス業に従事することになります。

そして、その彼らが1955年から1970年代に全国各地に建設された「人工的な箱」、つまり、団地に住みながら、高度経済成長下で生み出された多様な商品――「３Ｃ」と呼ばれるカー、クーラー、カラーテレビなど耐久消費財――の「需要の創出」を担っていくことになります。この変化が、柄谷行人の言う「現実感の希薄さ」の裏にあった「日本の農業人口が激減するような変化」でした。

家族関係が変わり、生活スタイルが変わっていけば、いままであった「常識」が根こそぎになっていくということは想像がつくと思いますが、それはまた「知性」の世界においても同じでした。

〈大学＝学問〉の大衆化――頭脳労働でズレていく自然への感覚

ここで重要なのは、このように社会の下部構造が変われば、その“上”のイデオロギーも変わらざるを得ないということです。

その一番分かりやすい現象が、大学の大衆化でしょう。

1970年代以降、「大学」は学問によって真理を究める場所ではなく、頭脳労働者を輩出する職業学校と化していきます。

第2次、第3次産業が拡大すれば、どうしても会計や事務や広報といった仕事が必要になってきますが、そのデスクワーカーを作り出す機関として大学が拡張していくことになるのです。

しかし、そうなると、もう大学は、「ホワイトカラー輩出のための機関」と化して、「真理の追究のための機関」ではなくなっていきます。かつて、「真理」に近いと見られたために尊敬されたエリートたちは、しかし、もはやその信憑性を保てなくなっていきます。個人の能力も、単なる偏差値の高低に平準化され、「真理」や「価値」といった概念が後退していくのです。

こうして高度経済成長と、大学の大衆化とは軌を一にして進んでいきますが、これも数で見るとはっきりします。

昭和15年（1940）、つまり戦前には、大学はたった47校しかなかったのですが、これが昭和29年（1954）になると一気に227校まで膨張します。昭和29年というのは、考えてみれば、GHQの占領が終わってから僅(わず)か2年後のことでしかありませんが、その時点で、大学の数は戦前の6倍近くまで膨れ上がっていたのです。

また、進学率で見ても大学の膨張は明白でした。

昭和35年（1960）には7.9パーセントでしかなかった4年制大学の

進学率ですが、そのたった5年後の昭和40年（1965）には12.8パーセント、10年後の昭和45年（1970）には17.1パーセント、そして、高度経済成長が終わった後の昭和50年（1975）には27.2パーセントと、たった15年の間で、その進学率は3倍以上の伸びを示しています。そして、もちろん、それに伴って、都市における第2次産業、第3次産業のホワイトカラー＝頭脳労働者も増加していきます。
「頭脳労働者」と言うと、聞こえはいいですが、それは言ってみれば「肉体」を使わない労働です。しかし、ということは、自らの「自然」であるところの身体感覚が遠のき、次第に「観念」が肥大化していくということにもなりかねません。つまり、またしても頭で「考えていること」と、身体で「やっていること」のズレの問題が出てきてしまうのです。

そして、まさに、この「自然」から遠ざかっていく日本人のあり方を、戦後社会史と重ねて語っていたのが、社会学者の見田宗介でした。

見田宗介は「夢の時代と虚構の時代――現代日本の感覚の歴史」（『社会学入門』岩波新書）という論考のなかで、1970年代から1980年代を象徴するような「消費のテーマパーク」について、次のように語っていました。

《渋谷はそれまでの猥雑な副都心の内の一つという地域性から、1970年代以降の、西武資本

1970年の渋谷・西武百貨店

による大規模な都市演出をとおして、この「第三期」〔1975年〜1995年：虚構の時代〕の、「ハイパーリアル」な感性を先端的に体現する巨大な遊園地的空間として変貌をとげる。「かわいい」「オシャレ」「キレイ」ということが、この空間に在るものたちの条件である。〔中略〕遊園地的空間が感受して排除しようとするものは、土のにおいや、汗のにおいといったものだろう。

リアルなもの、ナマなもの、「自然」なものの「脱臭」に向かう、排除の感性圧。〔中略〕

無菌遊園地としての都会の視線はそれら〔(「キタナイ」仕事や「ダサイ」仕事」〕を見ることを自ら禁止し、相互に禁止する。ダサイことは語るな。思考するな。「かわいい」世界のマリー・アントワネットたちの、あっけらかんとした、残酷》(見田宗介『社会学入門』岩波新書、92〜93ページ)

まさに、第3次産業の拡大による「現実感の希薄さ」について、見田は、それを「排除の感性圧」と表現していました。

要するに、私たちの意識の根底を成している「自然」——、私たちの意識ではどうしようもない大地の感覚——を忘却していった先に現れた巨大な虚構空間、それが、「無菌遊園地としての都会」であり、「消費のテーマパーク」としての渋谷だと言うのです。

さて、本講では、日本人の自然観が曖昧になっていった背景について述べておきました。次講では、改めてオルテガの『大衆の反逆』を借りて、この戦後的現象の本質を考えておきたいと思います。その上で、福田恆存の思想のなかに、戦後の「大衆社会」の病理を乗り超えるヒントを探っていきたいと思います。

第9講

『大衆の反逆』でオルテガが指摘した「大衆化」の問題とは

「大衆化」とは何か

オルテガが指摘した「大衆化」の問題

前講では、日本社会がドラスティックに変化した1970年代に注目しつつ、その「大衆化」の諸相について語っておきました。

では、「大衆化」とは、本質的に、どのような現象なのでしょうか。これまでも、その性格についてはあれこれと触れておきましたが、本講では、「大衆化」の問題を本質的に考え直すために、今一度、その起源にまで遡って議論を整理しておきたいと思います。

「大衆化」という問題を、おそらく20世紀において最も鋭く問い直していたのは、スペインの哲学者であるオルテガ・イ・ガセットでしょう。もちろん、「群衆」の問題も含め、「大衆化」の問題は、それ以前にも見られたものであり、また、様々な論者が語ってきた主題でもあります。が、やはり、その問題性を最も鋭く抉(えぐ)ったのは、オルテガだったと言っていいかと思います。

オルテガ・イ・ガセットの『大衆の反逆』が上梓(じょうし)されたのは、1930年ですが、その頃にヨーロッパで力を持ちはじめていたのが「大衆」でした。彼らは、イタリアではファシスト党を支持し、ドイツではナチ党を支持し、またスペインではフランコ将軍の独裁政権を支持していました。要するにヨーロッパにおいては、既に1920～30年代に大衆の問題が現れていたのです。

オルテガ・イ・ガセット
(1883年～1955年)

それと同じ問題は、戦前の日本でも確かめることができるでしょう。が、1930年当時のヨーロッパの状況——つまり、ファシズムを呼び寄せるほどに激しい「大衆の反逆」は、むしろ、

フランコ軍によるスペインの都市・ヒホン占領を祝うスペイン・サラマンカの大衆（1937年）

「自然」を失った戦後日本、そして、ネオ・リベラリズムとグローバリズムによって中間共同体がバラバラに解体されてしまった現在の日本の方にこそ当て嵌まる問題かもしれません。

実際、19世紀後半から、すでにヨーロッパでは「第一次グローバリズム」と呼ばれる現象――自由主義と資本主義の拡張――があり、現代に匹敵するほど貿易や資本移動が盛んな時代でした。しかも、当時は、大国間の植民地獲得競争も激しく、その富の集中は、1980年代の日本のバブルと比較しても圧倒的なものでした。そのような消費文化のなかで、まさに「大衆」が蠢きはじめるのです。

オルテガは、このとき現れてきた「大衆」を定義して言います、「家の中のように外でも振る舞うことができると信じ、致命的なことや取り返しのつかないこと、あるいは取り消しできないことは何もないと信じている」「満足しきったお坊ちゃん」だと（『大衆の反逆』佐々木孝訳、岩波文庫、189～190ページ）。要するに、自分を超えた上位の規範――つまり「歴史」に対する畏怖を失ったエゴイストたち、それが「大衆」だと言うのです。

先の講義でも言いましたが、「自然」とは、私たちの上位にある規範そのものです。それは土地であり、歴史であり、言語です。ということは、オルテガの言う「大衆」とは、まさに、それらの「自然」を失ってしまった存在だと言っていいでしょう。

しかし、事はそれだけでは終わりません。「自然」を失ってしまうと、私たちは物事に対する理解力をも失ってしまうのです。

これは、江藤淳の言う「包括的な歴史の概念」とも響き合う議論ですが、「自然」が、土地や歴史や言語の異名なら、それを失ってしまうということは、目の前の対象を一つの「図」として解釈するための「地」を失ってしまうことを意味しています。たとえば、いま目の前に「白い透明な粉」があるとして、その「図」が台所という「地」に置かれるのか、下駄箱という「地」に置かれるのかで、その意味は全く違ってしまうでしょう。前者なら、それは「砂糖か塩」でしょうが、後者なら「謎の粉」になってしまいます。

つまり、土地や、歴史や、言語などの〈上位の規範＝地〉によって私たちは、目の前の現象を解釈しつつ、また新たな現象に対する距離感も測っているのです。それが失われてしまえば、自然な理解ができなくなるだけでなく、新たな現象に対する距離感も測れなくなってしまいます。その結果もたらされるもの、それが「現実感の希薄さ」（柄谷行人）であり、「大衆」のエゴイズムでした。

「甘やかされた子どもの心理」が大衆の特徴

では、実際に『大衆の反逆』を読んでいきましょう。

まずオルテガは、「大衆」の条件を、「密集の事実」から観察していました。前講で、戦後の都市化について触れましたが、要するに故郷を失って都会に集住すること、これが「大衆」の第一条件なのです。

昔であれば、都会と言っても、そこまで大勢の人間を養うだけのシステムは整っていませんでした。が、19世紀以降の産業技術は、都市の「密集」を支えるだけのシステムを構築することに成功します。以前、東京が1000万人都市になったのが昭和37年（1962）だったということを指摘しましたが、まさにそれを可能にしたのは、国内の生産・流通を支える近代的なシステムでした。

オルテガは、主な近代システムを三つ挙げます。

「教育」（学歴）と「経済」（流通）、そして「技術」（生活インフラと工場）です。つまり、近代的システムとして「教育」と「経済」と「技術」が揃ったとき初めて、都市における「密集」が可能になるのだということです。

しかし、都市に住む「大衆」は、自分が何に支えられているかについて自覚することはありません。要するに、税金を払っている程度で、ほとんど何の義務も果たさないまま「物質的容易さ」を手に入れてしまった彼らにおいて、まさに自分たちは、誰にも依存することなく生活できる人間、無限の可能性をもった安全で完璧な存在であるという思い込みが大きくなっていくのです。それゆえにオルテガは、近代の技術文明に寄り掛かった「大衆」の性格を、「自己満足」と「自己閉塞」、そして他者に対する「忘恩」として定義づけていました。

オルテガは、「大衆」の性格を次のように描きます。

《私たちは現代の大衆化した人間の心理分析表に最初の二つの特徴を書きとめることになる。すなわち彼らの生的欲求の、つまり自分自身の無制限な膨張と、彼らの存在の安楽さを可能にしてきたすべてのものに対する徹底的な忘恩と、この二つである。これらは二つとも、甘やかされた子供の心理として知られている特徴だ》（オル

テガ・イ・ガセット著、佐々木孝訳『大衆の反逆』岩波文庫、130ページ）

つまり、自分を支えているものの徹底的な忘却、それが「大衆」の第一義的な性格なのです。もう少し読んでみましょう。

《〔……〕この新しい平均人は、彼を取り囲む世界に甘やかされて育ってしまった。甘やかすとは、欲求を制限しないこと、自分にはすべてが許されており、何の義務も負わされていないと思わせることである。こうした生活様式に染まった人間は、自分の限界についての体験がない》（同書130〜131ページ）

「自分の限界についての体験がない」というのは、要するに、自分を超えた「自然」に対する無理解を指しています。だから、「大衆」において、宗教心や信仰心が語られることはないのです。

《周りからのあらゆる圧力を避け、他人との衝突をすべて避けようとするあまり、ついには自分だけが存在しているのだと本気で信ずるようになる。他人のことは意に介さない。とりわけ自分より優れた者などいないのだ、との思い込みに慣れてしまう》（同書131ページ）

まさに、自分を超えているものがないのだとしたら、自分は自分だけで完結できるということになります。そして、その思い込みを守っているものが、近代システム（教育と経済と技術）なのであれば、そのシステムが壊れない以上、彼らは、彼らの「空っぽ」に気づくこともまたないのです。

自己満足と自己閉塞をしているだけで価値観は空っぽ

ここまでくれば、オルテガが、なぜ「大衆」を「自己満足」と「自己閉塞」と「忘恩」によって定義したかが分かります。

近代システムへの依存度が上がれば上がるほど、「自分が『主人』である」という「自己満足」の度は上がっていきますし、他者に対する「自己閉塞」も大した問題にはなりません。さらには、上位の要請——つまり、歴史や土地からの呼びかけに答えよという要請は、むしろ、システムの外に出なければならぬ面倒な義務となってしまうでしょう。それなら、「忘恩」(responsibility=応答可能性の放棄)こそが合理的だということにもなりかねないのです。

しかし、ここでもう一つ重要なのは、自分が自分で完結できる限り、彼らにおいて価値観のようなものは育ちようがなく、彼らは総じて「空っぽ」であるという点です。

その点、何でも容れられる大衆の「空っぽ」さは、ときに彼らの性格をリベラル(寛容)なものに見せることもありますが、その実態は単なるニヒリズムです。私たちは、何かと組み合い、誰かと組み合って生きているがゆえに、「それを失えば自分が自分でなくなるもの」「これだけは譲れないもの(家族、友人、故郷、歴史など)」の一線を見出し、そこに価値の源泉を見ますが、誰とも組み合わない「大衆」において、価値の基軸はありません。

では、そんな「空っぽ」な大衆を、危機が襲ったらどうなるのか？　そのとき、「空っぽ」な彼らは一つの場所に逃げることになります。それが「みんなと同じであること」でした。

少し脇道に逸れますが、これを説明する例としては、最近起こったコロナ禍がいちばんわかりやすいかもしれません。

コロナ禍の折に、「マスクをする目的」を問うアンケートがありましたが、そのときの答えが、まさに「大衆」のそれだったのです。嘘でもいいから、「感染予防のため」と答えたいところ、そう答えた人はほとんどおらず、それとは逆に、多くの人が「みんながしているから」と答えたのでした。まさに「みんなと同じであること」しか基準にならない時代、それが現代なのです。

かくしてオルテガは、現代を、優れた「生」——つまり、自然に依拠しながら、その息吹を感じて生きる強靭な生——に対するルサンチマンと、「自分たちは平均的でいいのだ、いや、平均人こそが価値なのだ」といったような卑小な開き直りによって定義することになるでしょう。これが「大衆」という言葉の意味でした。

「無自覚な羊の群れ」——福田恆存の指摘

さて、ここで再び日本に話題を戻しておきましょう。

では、1970年代の日本で、オルテガと同じく、目の前の「大衆」に危機を感じていた批評家はいなかったのでしょうか？

もちろん、江藤淳はその一人でしたが、もう一人重要な文芸批評家がいました。大東亜戦争の前後に、あの「ロレンスの黙示録論について」を書いていた福田恆存です。

昭和45年（1970）、福田恆存は「塹壕（ざんごう）の時代」という講演をしていますが、そのなかで触れられていたのが、まさしく戦後日本の「大衆化」の問題でした。

そのなかで福田恆存は、高度経済成長を果たした日本において、これからは「右」の保守陣営も、「左」の革新陣営も、自分がぶつかって行くべき「障害」を見失い、それゆえに「理想」をも見失ってしまうだろうと予言していました。全てにおいて、本気の「価値」が見失われてしまう時代、それが現代なのだと。

少し読んでおきましょう。

《そんなわけで、右も左も保守も革新もなるたけ目立たなくなつて、丁度、塹壕戦時代に入つてしまつた。〔中略〕塹壕を狙つて射つて塹壕に命中してゐても、その塹壕が見えないのですから、普通の一般国民にすれば「では一体何をやつてゐるのだ、ただむやみに泥仕合をやつてゐるだけに過ぎないのではないか」といふやうな時代になつてきてゐるのです》（福田恆存「塹壕の時代」、『文藝春秋』1995年1月号所収）

高度経済成長によって豊かになった日本においては、まず左が、革命において倒すべき「敵」を見失います。すると、その左に抵抗していた右も、その倒すべき「敵」を見失い、その存在意義を失くしていくことになります。そうやって、みんな塹壕の下に隠れてしまったというわけです。だから、一見、左と右で喧嘩をしているように見えても、喧嘩の理由もよく分からず、結局は「ただむやみに泥仕合」をしているように見えるのです。

そうなると、もうこれは本気の論争などではなく、「ごっこ」の世界になってきます。本当の「障害」もなければ、本当の「理想」もない。そういうニセモノの世界が広がっていくのです。

《人間がある一つの理想をもつて進む以上、必ず障害にぶつかるといふことが起る。〔中略〕理想があるから人々は障害にぶつかるといふ場合と、障害にぶつかるから理想を発見するといふ場合があると思ふのです。障害といふものが非常にあいまいになつてくる、壁があいまいになつてくると、理想もあいまいになつてくる。あるいは理想があいまいになつてきたから、また壁もあいまいになつてくるといふ状態、まあ人間らしい生活ではないといふことになるのですけれど、現在の状況はさうなつてゐると思ひます》（同前）

福田恆存の言う「あいまい」とう言葉は、柄谷行人の言う「現実感の希薄さ」と、どこかしら重なっていると言ってもいいでしょう。そして、その先に福田は「大衆」を見出します。

《これほど人間をダメにする状況はない。〔中略〕さうなつてくればもう、民主主義とも程遠いし、戦前と同じで何が起るか解らない。つまり左でも右でも、ある一つのイデオロギーなり或いは独裁権力なり、さういふものに右向け右といはれたら右を向く、左向け左といはれたら左を向く、全く無自覚な羊の群れと化していくだらうと思はれます》（同前）

この福田恆存の言葉も、コロナ禍を経験した私たちには、よくわかるものではないでしょうか。「何も対策をしなければ42万人が死ぬ！」「接触8割削減だ！」と、たった一人の「専門家」の言葉に恐れ慄（おのの）き、私たちは、その結論がどのような仮定と統計によって導き出されたのかを問わず、あるいは、「接触8割削減」などということが本当に可能なのかどうかを問わず、さらに言えば、それによってどのような被害がもたらされるのかを問わず、まったく「無自覚な羊の群れ」と化して、左向け左で、自粛をしたわけです。
果たして、そのとき自分の胸に手を当てて、何を守り、何なら譲れるのか、そういったことを考えた上で「コロナ自粛」を受け入れた人はどれくらいいるでしょうか？　少なくとも、私は自粛を受け入れられませんでした。命より大事な価値があったからです。
さて、それなら、この「大衆」の時代に、私たちはどのように抵抗することができるのでしょうか？　次講からは、いよいよ福田恆存の人生及びその思想について見ていくと同時に、その言葉のなかに、その「抵抗の仕方」を読み取っていきたいと思います。

ある意味、福田恆存ほど一貫して戦後社会に抵抗した人、あるいは、その世俗化に抗した人もありません。それが戦後最大の保守思想家といわれるゆえんでもありますが、彼の「保守思想」の可能性を読み出すこと、それが次講以降の課題となってきます。

第10講

「一匹と九十九匹と」…政治と文学の関係を問うた福田恆存

福田恆存とは誰か?

「孤独をどう乗り越えるか」が福田恆存の思想の原点

前講では、「大衆化」の問題を見たうえで、それがいかに「自然」の喪失や「現実感」の希薄化に関わっているのか、そして、その限りで、人間の価値観の喪失＝ニヒリズムと関係しているのかを見ておきました。要するに、大衆化によって、いかに人間がダメになってしまうのか、その実情を見ておいたわけです。

その上で、それに抵抗するための手掛かりとして、福田恆存の名前に言及しておきました。では、福田恆存とは、いったい誰なのでしょうか。本講では、福田恆存の人生を確認しながら、その思想を論じるための準備運動をしておきたいと思います。

私が福田恆存をイメージするときには、いつも『福田恆存全集　第一巻』（文藝春秋）に収められている「覚書Ｉ」の言葉が思い浮かびます。「覚書」というのは、晩年の福田恆存が、自らの全集を編む際に、自分の人生を振り返りながら書いた文章ですが――現在は、『私の人間論―福田恆存覚書』（ビジネス社）で読めるようになっています――、まずは、それを紹介するところから話をはじめましょう。

《大学に入ると、本郷界隈に田舎から攻めのぼつて来た人種が、下宿に屯（たむろ）して、一つの世界を形造つてゐたが、私の家は神田錦町である、下宿の必要もなければ、反対に私を訪ねてくれる者も殆どゐない。後年、さういふ連中の生き方を「下宿文学」と名付けて、密かに私は自分の「孤独」に栄冠を与へた。それは負け惜みでも何でもない。その頃の私は用の無いおしやべりが苦手で、むしろ孤りを好んだ。私は気質的には良くも悪くも職人であり、下町人種であつたのだ。だが、一方では、あたりを取巻く「知識階級」といふ異人種の包囲網に遭ひ、さうかといつて身方の下町人種は大震火災以後、もはや周囲になく、どつちへ転んでも孤独であつたのだ》（福田恆存「覚書Ｉ」、福田恆存『私の人間論—福田恆存覚書』ビジネス社所収、11ページ）

福田恆存
（大正元年＝1912年～平成6＝1994年）

ここに書かれている「孤独」は、どこかしら現代の私たちにも通じてはいないでしょうか。田舎から東京に攻めのぼってきた山手人種（近代の知識階級）と、彼らから見捨てられた下町人種（前近代からの伝統）、そのどちらにも完全に属すことができない「孤独」、福田恆存が強いられた場所は、そのようなものでした。

ここで福田恆存が言っている「下宿文学」というのは、つまり、田舎の旧制中学・高校を出て、意気盛んに東京に上京してきたエリートたちの文学です（主に自然主義文学）。なるほど、彼らははじめて出てきた大都会に胸躍らせながらも、また、その故郷喪失による不安も抱えていました。だからこそ彼らは、打算的な立身出世の裏にある暗い「内面」を描写したのだし、その「内面」描写ができるということそれ自体が、単なる立身出世主義とは違う、ある種の精神的優位を彼らに付与することになったのです。

が、その精神性が精神性である限り、そこにはどうしても、自分自身の身体（現実）を置いてけぼりにした理念（夢）への傾きが現れることになります。それが、前近代的な古さを引きずる日本を否定して、西欧近代の「個人主義」や「自由主義」をもたらそうとする近代的な「知性」のあり方を呼び出します。

が、福田恆存は、そんな近代の知識階級に対して、どうしても馴染むことができません。それは福田恆存が、「下町人種」のなかに自分の身体を置いていたことも無関係ではないでしょう。

が、その一方で、自分の故郷であるはずの「下町」は、既に関東大震災によって消滅してしまっていました。ここに「どつちへ転んでも孤独」であるしかない福田恆存の宿命があったのです。

では、福田恆存は、その「孤独」をどうやって乗り越えようとしたのでしょうか。ここには、西欧と日本とのあいだを生きている私たち日本人の「孤独」を乗り越える際のヒントがあるはずです。

下町育ちの「身体感覚」とシェイクスピアの親和性

まず、福田恆存の人生とはどのようなものだったのか、時間も限りがあるので、かいつまんで見ておくことにしましょう。

福田恆存は、大正元年（1912）8月25日に東京市本郷区駒込東片町に東京電燈の社員である父・幸四郎と、母・まさの長男として生まれ、その後に下町の神田区錦町で育ちます。関東大震災が大正12年（1923）のことですから、福田は、物心がつく12歳まで、まさに関東大震災以前の、江戸の風情が残る下町に育ったことになります。つまり、福田は、古い日本を知っているのです。

しかも、福田の父方と母方の親戚は、全員職人でした。父方の親戚はみな、埼玉県大宮市（現・さいたま市）の指扇村出の簞笥（たんす）職人であり、母方の親戚はみな東京下町生まれの石工職人です。父だけは東京電燈株式会社の出張所長をやっていたようですが、父方も母方も職人の家系ですから、身の回りはすべて職人さんです。学はないけれど、人間としての「教養」を持ち、立派に暮らしを立てている人たち、福田の身の回りを囲んでいたのは、そのような人たちでした。

福田恆存は昭和5年（1930）に、18歳で旧制浦和高校に入学しますが、それと同時に、父親が東京電燈を退職します。その後、父は書を教えることでなんとか家族を養っていたようですが、お世辞にも裕福とは言えない状況でした。福田自身も家庭教師をしながら本代を稼ぐという生活が続きます。

その後21歳で、福田は、東京帝国大学文学部英吉利文学科に入学しますが、ここで目を引くのは、『演劇評論』の同人になった福田が、中学時代の恩師である落合欽吾の勧めで、すでにシェイクスピアに親しんでいたことです。

後に福田恆存は、『シェイクスピア全集』の翻訳を個人訳で出し、日本文化のなかにシェイクスピアを根づかせる立役者になりますが、その萌芽は、すでに学生のころにあったことになります。

余談になりますが、シェイクスピア文学というのは、私に言わせれば、ほとんど映画の『仁義なき戦い』の世界です。この暴力と激情に溢れかえった世界を「頭」だけで読んでも、よくわかりません。その意味で言えば、シェイクスピアの世界というのは、他者との関係を「身体感覚」で摑んだ後に、その関係からくる「感情の流れ」に身を任せるようにして味わわれるべきものです。

その点、そもそも福田恆存のセンスは、小説的（個人的）なものではなく、演劇的（共同的）なものだったと言うべきなのかもしれません。演劇は「頭」だけでは理解できません。そこには舞台があり、役者の身体があり、ある種の虚構を前提としながらも、モノローグではなく、ダイアローグによって世界のリアリティを運んでいきます。福田は、そこに世界の真実を見ていたのです。

そして、翌年にシナ事変（日中戦争）を控えた昭和11年（1936）、福田恆存は東京帝国大学を卒業しますが、ここで注目すべきなのは、このとき福田恆存が「Moral Problems in D.H.Lawrence」（「D・H・ロレンスの道徳問題」）という卒業論文を提出していたことです。後に福田恆存は「私に思想というものがあるならば、それはこの本〔D・H・ロレンス『黙示録論』〕によって形造られたと言ってよかろう」（昭和57＝1982年）と書いていましたが、福田は、大学時代に、すでにD・H・ロレンスとの出会いを果たしていたことになります。

その後、戯曲を書いたり、評論を書いたりしながら、福田は就職口を探しますが、一年待っても職が見つからないので、一種のモラトリアムとして大学院に入学します。

昭和13年（1938)、ようやく職を見つけることのできた福田は、静岡県立掛川中学校（現・静岡県立掛川西高等学校）の英語教師となります。が、赴任したまではよかったものの、そこで野球部の生徒の白紙答案にゼロ点を与えたことから、甲子園を目指す校長と対立してしまい、結局一年で先生をクビになってしまいます。このあたりは、もう地で行く『坊ちゃん』（夏目漱石）の世界そのものだと言っていいでしょう。

戦後まで続く苦労――そして文壇に躍り出る

掛川中学校を退職したときは、もうシナ事変（日中戦争）の真っ最中です。仕方がないので、中学時代の恩師西尾実に古今書院で出していた『形成』という雑誌を紹介してもらった福田は、その編集に携わりながら、なんとか糊口を凌ぎます。

そして、大東亜戦争開戦の昭和16年（1941)、ここで注目すべきなのは、福田恆存が、初期の代表的な作家論である「芥川龍之介論」（発表は戦後）を書き始めると同時に、その横で、D・H・ロレンスの『黙示録論』を翻訳していたことです。

このロレンスの『黙示録論』については次講で詳しく解説したいと思いますが、戦時における翻訳評論の出版は難しかったようで、出版を断念した福田は、文部省の外郭団体の日本語教育振興会などに属しながら、なんとか生活をやりくりしていきます。

そして、昭和20年（1945)、33歳になっていた福田恆存は、いつ空襲を受けて死ぬかもわからない状況のなかで、西本敦江と結婚し、さらには、年末までに戦争が終わるものと見て、すべての公職を辞すことになります。それで福田が従事したのが、防空壕の掘削でした。後に福田は、そのなかに「万年筆、鉛筆、消しゴムの類ひの、どんな零細な物でも見逃さず、びつしり詰めこん」だと述懐していましたが、実際、戦後に掘り出したものはほとんど全てが無事だったらしく、戦後、机の上に転がっている消しゴムを見た福田は、「Ｂ二十九と一人で戦つて勝つたやうな気にな」ったと言っています（福田恆存「覚書Ｉ」、福田恆存『私の人間論――福田恆存覚書』13～14ページ）。

そして、いよいよ戦争が終わったとき、福田恆存は、それまで溜め込んでいた文芸批評を一気に放出することになります。

政治と文学の関係を問うた「一匹と九十九匹と」

この時期に書かれた最も有名な論考が「一匹と九十九匹と――ひとつの反時代的考察」（昭和21＝1946年11月）という批評でした。この「政治と文学」論争のなかで書かれた批評文によって、福田は注目を浴びると同時に、敗戦に戸惑う人々の心を摑み、一躍、戦後の代表的な批評家と見做されるようになります。

「一匹と九十九匹と――ひとつの反時代的考察」を一言で纏(まと)めれば、要するに福田は「政治と文学」の区別を主張していたのでした。当時、「文学（個人）は政治（集団）に従属すべきだ」という意見（政治主義）と、「政治（集団）こそ文学（個人）に即すべきだ」という意見（文学主義）とのあいだで論争があったのですが、福田は、そのどちらの意見にも与(くみ)しませんでした。むしろ大事なのは、政治と文学の「区別」であると、福田は言うのです。

まず福田は、『聖書』にある福音書の言葉を引きながら、政治は

「九十九匹」の領域にあると言います。それは、60人よりは70人を、70人よりは80人を、80人よりは90人を救おうとする営みなのだと。「最大多数の最大幸福」と言ってもいいかもしれませんが、要するにその営みは、功利的な物指しによって方向性を定め、その道に沿って合理的に社会を改善していく営みであり、その限りで、〈政治＝九十九匹〉は行動の領域にあるのだと。

しかし、その一方で福田は、いくら救える数を90から99にまで増やしたところで、結局、それは「数」の問題でしかないのではないかとも言います。つまり、すでに罪を犯してしまった人間、あるいは、どんなに社会が良くなろうと、結局は死んでしまう、この取り換え不可能な「一匹」としての実存は、功利主義や政治による制度設計によっては掬（すく）い取ることができないのではないかと。

そして福田は、この政治では救い切れない「一匹」のためにあるもの、それこそが「文学」だと言うのです。その意味で言えば、「文学（一匹＝個人）のために政治がある」と言うのも、「政治（九十九匹＝集団）のために文学がある」と言うのもおかしいのです。両者は、そもそも違う営みなのであって、それゆえに、まず私たちが自覚すべきなのは、その違いであり、その違いに即した形での適切な「政治」であり、適切な「文学」ではないのか。「一匹と九十九匹と」の主張はそのようなものでした。

しかし、「一匹」が、政治によっては救われないのだとすれば、果たして、その「一匹」は、一体何によって自分を支えればいいのでしょうか？　もちろん、これまでの文脈に沿えば、それは「文学によって」と答えるのが正しいのでしょう。が、もし、その「文学」が、死を導くようなものだったとしたらどうでしょう？

昭和23年（1948）に福田が書いた「道化の文学――太宰治論」は、そのような問いによって導かれていました。太宰治は、自殺した芥川龍之介を大変尊敬していましたが、それもあってなのか、まさに

「九十九匹」には還元できない「一匹」を徹底的に問い詰めるような文学者でした。が、ついに自分自身の信仰を見つけることのできなかった太宰治は、結果的に自殺をしてしまうのです。

太宰治
（明治42＝1909年〜昭和23＝1948年）

太宰の自殺は、福田の「道化の文学——太宰治論」が発表された直後のことでしたが、これにショックを受けた福田は、さらに太宰治が死んだ3カ月後に「太宰治再論」を書くことになります。

そして福田恆存は、自分の文学観を決定的に転換させるような言葉を書きつけることになります。福田は「太宰治再論」の末尾でこう言うのです、「徹底的な革命がおこなわれなければならぬ。誠実が死ではなく、生を志向しうる文学概念を自分のものにしなければならぬ」と。

では、その「一匹」を、死の方向にではなく、生の方向に向かわせる「文学」とは一体どのようなものなのか？　ここから「一匹を支えているもの」を問う福田恆存の「批評」がはじまります。

批評から創作へ、文学から芸術へと舵を切った福田

福田恆存の「転換」を一言で表現すれば、それは「小説的精神から演劇的身体へ」と言い換えることができます。

小説は個人の「内面」（モノローグ）を書きますが、それは芥川や太宰がそうであったように、ともすれば「一匹」を、孤独な精神へと追いやってしまいます。それに対して演劇は、「一匹」が「一匹」と対話（ダイアローグ）する場を開くことによって、その「一

匹」の孤独を世界のなかに包摂しようとします。福田は、そこに「一匹」を肯定し、それを包み込む演劇の力を見ていました。

事実、昭和24年（1949）ころから、次第に福田は、自分自身の重心を小説の「批評」から、小説や戯曲の「創作」の方へとシフトさせていきます。そして、昭和25年（1950）、38歳の福田恆存は、「キティ颱風」という自分の戯曲を、実際に文学座で上演すると共に、「一匹を支えるものとしての芸術」を論じて、『藝術とは何か』という評論を書き下ろしていました。

ここで重要なのは、このとき、すでに福田の眼差しが、狭い「文学」や「小説」から「芸術」（古代の祭儀や、中世の聖史劇、ギリシア悲劇など）の方へ向かっていたという事実です。小説も文学も、広い意味では「芸術」ですが、では、その「芸術」の根源にはどのような体験と作用があるのか？　福田の問いは、もう「文学」や「小説」に囚われることがありません。いや、「文学」や「小説」も、「芸術」のなかに包摂されて、はじめて「文学」や「小説」なのではないのか、そのように福田は問うわけです。

そして、翌昭和26年、『藝術とは何か』によって、「転換」を果たした福田は、「チャタレイ裁判」の特別弁護人を引き受け、その最終弁論を書きあげることになります。「チャタレイ裁判」というのは、D・H・ロレンスの小説『チャタレイ夫人の恋人』（伊藤整訳）が猥褻罪で訴えられたことによって起こった裁判でしたが、この裁判を通じて福田は、改めてD・H・ロレンスの思想と向き合うことになるのでした。そして、それと軌を一にするかのように、戦前には出版できなかったロレンス『黙示録論』の翻訳を、このタイミングで出すことになります。いかに福田恆存が、D・H・ロレンスに拘っていたかが分かるエピソードかと思います。

「人間論」の必要と、西洋近代文学の翻訳

昭和28年（1953）、42歳になっていた福田恆存は「満を持して」と言っていいかと思いますが、ロックフェラー財団の奨学金を得て、1年間の欧米遊学に向かい、そして帰国後、自らの信念に基づいて、様々な活動を展開していきます。

最後に、その後の活動を四点に纏めて見ておきましょう。

一つは、平和論論争に代表されるところの戦後の「進歩的知識人批判」です。本講の冒頭に引いておいた『全集』「覚書Ⅰ」の文章を思い出してください。福田は、知識階級の頭でっかちな個人主義や自由主義、そして、それらの近代的な理念が、いかに人を不幸にするのかということについて確信を持っていました。まず、その病を抉（えぐ）り出すこと、福田の仕事はそこに向かっていきます。

その上で、二つ目の仕事として、福田恆存の「人間論」が書かれることになります。福田は進歩的知識人との論争のなかで、彼らになくて、自分のなかにあるもの、それこそは「人間論」であると考えていました。進歩的知識人は、社会の「進歩」から全ての価値判断や政策論を導いてきますが、自分は「人間」の生き甲斐、幸福論から全ての価値判断を導くのだと。そして書かれたのが、福田恆存の主著である『人間・この劇的なるもの』でした。

そして、この人間観に基づいて、福田は三つ目の仕事である「国語論争」に取り掛かることになります。これまで繰り返してきたように、言葉というのは、私たちにとっては、私たち自身を支える第二の「自然」です。その時間のなかで培われてきた歴史的仮名遣を、「進歩」などという恣意的な価値観から「現代仮名遣い」に改変しようとする傲慢が、福田恆存にとっては許しがたい蛮行に見えたのでしょう。それは単なる歴史的仮名遣に対する愛着であると同

時に、歴史—言葉に対する暴力への抵抗でした。

そして、最後に四つめの仕事として、福田恆存は、西洋近代というものと日本語というものとの接続を試みることになります。それが福田恆存によるシェイクスピア全集翻訳の試みでした。日本語という「自然」のなかに、西洋近代文学そのものを作ったシェイクスピアの言葉を適切に導きいれること。そのことによって、日本人の理念的な西洋理解を是正すると共に、近代の手触りを、日本人の身体感覚のなかに定着させること。福田恆存のシェイクスピア翻訳が狙っていたのは、そのようなことでした。

さて、本講では、福田恆存の人生を大きく俯瞰(ふかん)してきたわけですが、いよいよ次講では、福田恆存の思想の方に目を向けていきたいと思います。まずは、その思想の根幹にあるD・H・ロレンスの『黙示録論』の議論を見ておくことにしましょう。

第11講

福田恆存の思想の根幹にある ロレンスの『黙示録論』とは

ロレンス『黙示録論』と人を愛する道

福田に多大な影響を与えたロレンスの『黙示録論』

D・H・ロレンス
(1885年～1930年)

前講では、「福田恆存とはいったい誰か」という主題に沿って、福田恆存の全体像を確認しておきました。本講では、次に福田恆存の思想の根幹にあると考えられるD・H・ロレンスの『黙示録論』の内容を簡単に整理しておきたいと思います。

D・H・ロレンスの『黙示録論』は、福田恆存の「自然」を導いた最も大きな思想書ですが、その内容を一言で言ってしまえば、「有機体としての宇宙論」だったと纏(まと)めることができます。その宇宙論によって、ロレンスは「近代」の克服を語るのです。

『黙示録論』という本は、ロレンス最晩年の本ですが、そこには、ドストエフスキー、ニーチェ、フロイト、ベルクソンといった、19世紀末から20世紀にかけての作家・思想家たちからの影響が色濃く表れていました。その点、ロレンスを通じて思想形成を果たした福田恆存の思想にも、それら現代思想に通じる部分があることは間違いありません。福田恆存は、ロレンスの『黙示録論』からの影響について、次のように回想していました。

《これ〔D・H・ロレンス『黙示録論』〕は、ロレンスが死の直前に書いたもので、かれの思想のもっとも凝縮された証言である。〔中略〕すくなくとも、ぼくはこの一書によって、世界を、歴史を、人間を見る見かたを変えさせられた》(昭和26＝1951年8月)

《私はこの書によって眼を開かれ、本質的な物の考え方を教わり、それからやっと一人歩きが出来る様になったのである》（昭和40＝1965年8月）

《私に思想というものがあるならば、それはこの本によって形造られたと言ってよかろう》（昭和57＝1982年３月）

ここで注目すべきなのは、これらの言葉が、昭和26年（1951）、昭和40年（1965）、昭和57年（1982）と、間隔を空けて三度、繰り返されている点です。福田恆存においてD・H・ロレンスの『黙示録論』というのは、自分自身の初期から後期までの仕事を貫く、思想的源泉だったと言っていいでしょう。

ロレンスが批判したキリスト教の二つの側面

では、『黙示録論』という書物には、一体何が書かれていたのでしょうか？　その題名からして、どうやら宗教的主題が関係しているだろうことは推測がつくと思いますが、実際、それが批判していたのは、2000年近くにわたって西欧世界を支配してきたキリスト教の歴史であり、また、その近現代的な現れでした。

まず、ロレンスは、『聖書』のなかに二つのキリスト教があることを指摘していました。もちろん『聖書』は『旧約聖書』と『新約聖書』の二つの教えがあることは皆さんもご存知かと思いますが、ロレンスの指摘はそれとは違います。ロレンスが主題とするのは、『新約聖書』のなかにある二つのキリスト教でした。

一つが、『新約聖書』の冒頭に掲げられた「福音書」（マタイ、マルコ、ルカ、ヨハネの福音書）のキリスト教であり、もう一つが、

『新約聖書』の末尾に掲げられた「ヨハネ黙示録」のキリスト教です。前者が、イエスその人の言行録を記しながら、個人の従うべき倫理を信者に示そうとした書物なのだとすれば、後者は、イエスがキリスト（救い主）であることを前提としながら、キリスト教教団が集団として奉じる「世界観」を記した書物です。

「ヨハネの黙示録」より滅ぼされる大淫婦バビロンを描いた絵画（ヘラート・フォン・ランツベルク『喜びの庭』の挿絵）

そして、ロレンスは、その性格を異にした二つの言葉を前に、次のように問いかけるのです、〈ここには、まったく違う教えが書かれている。いったいこれはどうしたことか〉と。

たとえば、基本的に、マタイ、マルコ、ルカ、ヨハネという四つの「福音書」が描き出しているのは、イエス個人の愛の行いです。そこには、現世を離れ、「ユダヤ教の戒律を徹底的に守るべきだ」というパリサイ人（びと）を批判し、ゲッセマネの園で孤独に祈りを捧げ、砂漠のなかを一人歩いていくイエスの像が描かれています。福田恆存の言葉を借りれば、それは「孤独と諦念と瞑想と自意識とにふける純粋に個人的な面」だと言っていいでしょう。要するに「福音書」は、飽くまでイエスその人の倫理に焦点を当てており、その個人の「生き方」を称揚しているのです。
しかし、『新約聖書』を読み進めていくと、その末尾で私たちは、現世的な繁栄を憎しみ、それに与った者たちを裁く最後の審判の物語、つまり「ヨハネ黙示録」に突き当たります。
そこに書かれているのは、現世において迫害され続けてきた弱者たちの絶望的なルサンチマンであり、「強きもの、権力あるものを倒せ、而して貧しきものをして栄光あらしめよ」という暴力的なメッセージであり、さらには、現世において繁栄したもの、悔い改めなかった者たちが地獄へ堕ち、逆に、キリスト教徒の殉教者たちが甦り、聖者による寡頭政治（ミレニアム）が到来するだろうという予言＝物語なのです。
これはどういうことなのでしょうか。一方では、純粋な個人的自我を称揚しながら、他方では、政治的な権力意識に満ちた集団的自我を露骨に描く……、この矛盾はどこから来るのでしょうか？
ロレンスは、これに対して次のような解釈を示していました。
要するに、たしかにイエス個人は、「大いなる優しさと穏和と没我の精神―強さからくる優しさと穏和の精神」を持っている、その限りで、イエスは強き個人主義者＝貴族主義者であったと。
しかし、誰もがこの個人主義＝貴族主義に堪えられるわけではありません。いや、神の子＝イエス以外には、そんなことは不可能だと言った方がいいのかもしれません。その時、むくむくと頭をもたげてくるもの、それが、この私の「一匹」性を承認しようとはしない現世社会に対する強烈な憎しみの感情なのだと。
ここにおいて、「福音書」が描く強き魂（個人的自我）を持つことのできない弱者たち（集団的自我）のルサンチマンが爆発することになります。そして、その受け皿となったのが、ほかならぬ「ヨハネ黙示録」だったのです。
ただし、この〈福音書＝個人的自我〉と〈ヨハネ黙示録＝集団的自我〉との関係は、別々の二つの性格として解釈してはなりません。それは、「頭」では一人で生きられると考えながら、しかし、「肉体」においては無意識に他者を求めてしまう一人の人間の内なる葛藤の比喩なのです。つまり、一人の人間の個人的意識において、どんなに集団性を抑圧しようとも、必ず、「他者と肉体的に繋がりたい」という欲望は、強力に回帰してくるのです。

実際、この関係は歴史においても確認できます。たとえば、17世紀のピューリタニズムと、18世紀の啓蒙主義です。

17世紀には、キリスト教をピュアにしたもの、つまり、カトリックの教義学を排して、イエスの個人主義を純粋化したピューリタニズムが加速しますが、その後の18世紀には、そうやって自由になった個人を再び宇宙のなかで合理化し、集団化しようとする啓蒙合理主義が現れてくることになるのです。個人で行けるところまで行こうとしたその果てに、ふと不安になった人々は、どうにかして、それを集団的に纏めるための理論（ロックなどの社会契約論）を編み出し、そこに近代国家を打ち立てようとするのでした。

そして、この「個人的自我」と「集団的自我」との関係は、また19世紀と20世紀の関係においても反復されることになります。

18世紀の啓蒙主義によって合理化されたかに見えた社会のなかで、しかし「合理化している当の私は合理なのか？」という問いが生み出され、それが「理論」を超えようとするロマン主義を、つまり、19世紀個人における「内面」を生み出すことになるのです。

しかし、その個人主義と自由主義（個人の自由を重んじる思想）が加速していった先でやってきたのは、自由主義社会そのものを否定しようとする20世紀の全体主義でした。

なるほど、すでにロマン主義のなかに、個人の不安は胚胎(はいたい)されていたと言ってもいいかもしれません。すべての関係を断ち切った自由の果てで、「それでも私は私なのか」という不安な問いに突き当たった西欧文学は、次第に秘教的な「美」の世界に閉じこもり、ついには、サルトルやカミュやカフカなどの不条理文学を生み出すことになります。

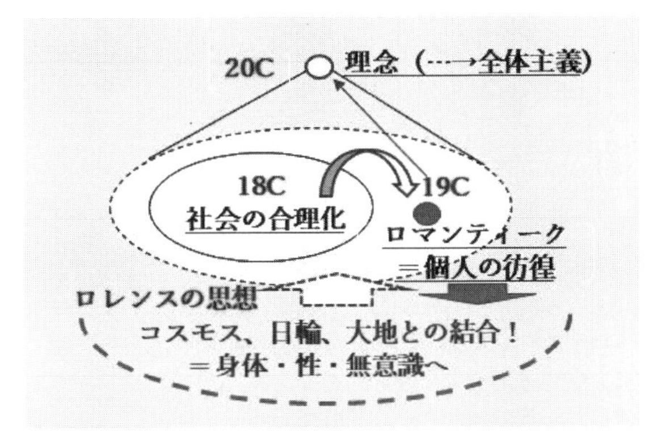

が、そもそも、福田恆存が論じていた芥川龍之介や太宰治こそは、神なき近代日本における個人主義の運命＝自殺を示していたのではなかったでしょうか。すべての関係を断ち切った自由は、ついには自殺へと行き着いてしまうのか――その問いが、19世紀の自由主義の果てにやってくるのです。

いや、だからこそ、20世紀の全体主義――ファシズム、ナチズム、コミュニズム――は、近代の自由主義社会を生きる私たちにとって、他人ごとではないのです。全体主義とは、言ってみれば、孤独のなかで行き詰まった〈個人主義―自由主義―自殺の思想〉を乗り越えるためにこそ編み出された政治思想だったのです。

全体主義者は語ります、「強きもの、権力あるものを倒せ、而して貧しきものをして栄光あらしめよ」と。そして、己の満たされぬ権力意識において、来世的勝利の物語（最後の審判）――千年王国としての第三帝国の勝利（ナチス）、共産主義社会の到来（ソ連）、大東亜共栄圏の建設まで――を紡ぎ出すことになるのです。

これが、「個人的自我」と「集団的自我」との葛藤―弁証法であり、その関係によって駆動されてきた西欧の歴史でした。

しかし、それなら、キリスト教文明＝西欧文明に棹（さお）さす私たち近代人の運命は、他者から切り離されてしまった果ての「自殺」か、あるいは、その他者との関係を人工的に設計しようとする「全体主義」か、そのどちらかにしか道はないということなのでしょうか。

自然との一体化こそ、他者を愛する道

ここに至ってロレンスは、「自殺」と「全体主義」を回避しながら、それでも人を愛することを諦めないのなら、私たちは、近代の外へと出ていくしかないのではないかと問うことになります。そして、『黙示録論』の結論として、次のような言葉を書きつけるのです。すなわち、「吾々の欲することは、〔中略〕コスモス、日輪、大地との結合、人類、国民、家族との生きた有機的な結合をふたたびこの世に打樹(うちた)てることにある」と。

ここで言われている「コスモス」というのは、もちろん宇宙全体を覆っている有機的秩序のことですが、これまで本講が語ってきた文脈に沿って言い換えれば、それは「自然」のことだと言っていいでしょう。つまり、ロレンスは「自然」との結合を再び取り戻せと語っているのです。

少々突飛に聞こえるかもしれませんが、まずはロレンスの言葉を読んでおきましょう。長くなりますが、引用しておきます。

《人間が最も激しく冀求(ききゅう)するものは、その生ける完全性であり、生ける連帯性であって、己が《魂》の孤立した救いというがごときものでは決してない。人間はまず第一に他のなにごとよりも己れの肉体的充足を求める。すくなくとも、このいまは、一回、たった一回かぎり、彼は肉の衣をまとい、生殖力をもつことを許されているのではないか。人間にとって大いなる驚異は生きているということである。花や獣や鳥と同様、人間にとっても至高の誇りはもっとも生々として、もっとも完全に生きているということである。生れざ

るもの、死せるものがなにを知っていようと、肉のうちに生きていることの美しさ、及びその驚異だけは知る由もないのだ。死者は後生を司ることはできよう。が、只今この世に肉のうちなる生命の壮大を享楽することは吾々のもの、ついに吾々ひとりのものであり、しかもそれとて、しばしがときのまゆるされているのである。吾々は生きて肉のうちにあり、また生々たる実体をもったコスモスの一部であるという歓喜に陶酔すべきではなかろうか。眼が私の体の一部であるように、私もまた日輪の一部である。私が大地の一部であることは、私の脚がよく知っている。そして私の血はまた海の一部である。〔中略〕私のうちにあって、理智以外に孤立自存せるものはなにもないのだ。そして、この理智なるものも、それ自身によって存在するものではなく、まさに水のうえの陽光のきらめきにほかならぬことを、やがて人はおもい知るであろう。

このようにして、私の個人主義とは所詮一場の迷夢に終る。私は大いなる全体の一部であって、そこから逃れることなど絶対にできないのだ。〔中略〕

吾々の欲することは、虚偽の非有機的な結合を、殊に金銭と相つらなる結合を打毀し、コスモス、日輪、大地との結合、人類、国民、家族との生きた有機的な結合をふたたびこの世に打樹てることにある。まずは日輪と共に始めよ、そうすればほかのことは徐々に、徐々に継起してくるであろう》（D・H・ロレンス著、福田恆存訳『黙示録論』ちくま学芸文庫、214〜215ページ）

長い引用になってしまいましたが、要するにロレンスは、「個人主義」などという観念においては、人間の幸福はあり得ないと言っているのです。換言すれば、私たちは、他者とつながることによって、他者とカップリングすることによって、自分自身の宿命を自覚し、自分自身の活力を高めながら、そこに「生」の充実を見出しているのだということです。

では、他者と適切につながるためには、つまり、全体主義による設計を介さずに他者とつながるためには、何が必要なのでしょうか。その時、ロレンスの言葉を解釈した福田恆存の言葉が決定的に重要になってきます。福田は、次のように語っていました。

《ぼくたちは〔中略〕直接たがいにたがいを愛しえない。なぜなら愛はそのまえに自律性を前提とする。が、断片に自律性はない》（福田恆存「ロレンスの黙示録論について」、D・H・ロレンス著、福田恆存訳『黙示録論』ちくま学芸文庫所収、24ページ）

この場合、「断片」は「個人」のことを意味しています。つまり、自律性を持たない個人において、それ自体として自足した「愛」はあり得ないと言うのです。そして福田は、こう続けます。

《ぼくたちは愛するためにはなんらかの方法によって自律性を獲得せねばならぬ。近代は個人それ自体のうちにそれを求め、そして失敗した。自律性はうちに求めるべきではない。個人の外部に――宇宙の有機性そのもののうちに求められねばならぬ。〔中略〕愛は迂路をとらねばならぬ。それは直接に相手にむけられてはならぬ。〔中略〕ロレンスはその迂路をば、宇宙の根源を通じることによって発見した。それはあきらかに神を喪失した現代にひとつの指標を示すものであろう》（同書24～25ページ）

もし、個人に自律性があるのだとしたら、Ａという個人と、Ｂという個人が交わることはあり得ません。自律しているＡが、もう一人の自律しているＢと出会ったとしても、ＡはＢに譲る必要はないし、ＢもＡに譲る必要がない。とすれば両者は折りあう必要がないし、組み合う必要もない。近代の「個人主義」は、論理の必然として以上のような結論を出す以外にありません。ただ、それではお互いにあまりに危険なので（万人に対する万人の闘争―ホッブス）、妥協案として、お互いの危険性を緩和するために「社会」を作り上げる約束をする……、それが、近代国家を作り上げるための論理（社会契約論）でした。

しかし、単なる断片と断片を組み合わせたところで、そこに自律性が宿るわけではありません。だから結局、その人工的共同体は、誰か（独裁者）の意思に依存することになるのです。が、そうなれば、そこには、独裁者Ａは隷属者Ｂの支持に依存し、隷属者Ｂは独裁者Ａの指導に依存するという、自律性とは無限に遠い社会（全体主義）が作りあげられてしまうことになるでしょう。

しかし、だからこそロレンス―福田は、ＡとＢという「部分」を包んでいる自律的な「全体」に目を向けるべきだと言うのです。この「全体」を通じて、ＡはＢにつながり、ＢはＡにつながりながら、二人が組み合う必然＝自律性を感じることができるのだと。

もちろん、ここで言われている「全体」（wholeness）は、「設計できる全体」（totality）ではなく、それは宇宙の有機性であり、また「自然」の別名でもありました。ＡやＢという個人の内に生きる「自然（＝性）」を通じて、宇宙の自律性に参与すること、それが「愛は迂路をとらねばならぬ」という言葉の意味でした。

「愛」は、直接相手に向けられてしまえば、それは自分のエゴを押しつけているだけの暴力となってしまいます。そうではなくて、自分と相手を生かしている「自然」に耳を傾け、その必然のリズム（迂路）に沿って、他者とのあいだに「愛」の通路を作り出すこと。そこにようやく、私たちの真の「自律性」は生まれてくることになるのです。自分と相手とを貫く〈大地―自然〉に自覚的であること、それがロレンス―福田の説く「愛」の作り方でした。

では、その「自然」は、私たちにとって、どのように現れてくるものなのでしょうか？　引き続き福田の言葉に沿いながら、その辺りのことについて、お話ししていきたいと思います。

第12講

自由とは奴隷の思想ではないか…福田恆存の人間論とは

福田恆存の人間論——演戯と自然

自然をどのように見つけ出すのか

前回の講義では、D・H・ロレンスの『黙示録論』の内容を確認しながら、その結論部分で述べられた「コスモス、日輪、大地との結合」という言葉の意味について解説しておきました。「自然を通じて、私とあなたをつないでいる宇宙の有機性を見出すこと」、それが、『黙示録論』の思想だったと言っていいでしょう。

では、この「自然」はどのようにして見出されることになるのでしょうか？　それが本講の主題となります。

ちなみに、本講の題名とも関わりますが、ここで重要になってくるのは、「演戯」という言葉です。日本語で「演戯」というと、「芝居がかっている」とか「わざとらしい」という意味にとられがちですが、福田恆存の場合、非常に面白いのは、この「演戯」を通じてこそ「自然」は捉えられるようになるのだとする発想です。そして、それを生きる主体こそが、福田恆存における〈人間＝劇的なるもの〉でした。

では、早速講義に入っていきましょう。

自然を摑むための芸術論への転回

問題のありかを正確に見定めるため、ここで、もう一度だけ、福田恆存の考え方を、その人の履歴のなかで復習しておきましょう。

まず、昭和20年から24年頃まで、福田恆存は「集団的自我」、つまり「99匹」には還元できない「個人的自我」――政治からこぼれ落ちてしまった「1匹」に目を向けていました。

しかし、同時に福田は「神を失った現代において、1匹は1匹だけで、自分を支えることはできるのか」と問いながら、様々な作家論、近代論、文学論を書いていくことになります。

そして、太宰治の自殺を転機として、作家論から芸術論へと向かっていった福田は、「1匹」を包んでいるものとしての「全体性」へ、つまり、個人を支えている「自然」へと転回していきました。そして、その「自然」を感受する方法として、「芸術」や「演劇」を語ることになるのです。これが昭和25年(1950)から昭和27年(1952)あたりまでの福田恆存の軌跡だったと言っていいでしょう。

そして昭和28年(1953)から昭和29年(1954)、ロックフェラー財団の奨学金を得て欧米遊学から帰国した後に、いよいよ福田恆存は、福田恆存らしくなっていきます。西洋文明を、「観念」ではなく、「身体」を通じて知った福田は、「進歩的知識人批判」、自分自身の「人間論」の執筆、「国語論争」、「シェイクスピア翻訳」へ向かっていくことになるのです。

そして、このとき重要な著作が発表されることになります。自身の「人間論」を明らかにするため、福田は、主著である『人間・この劇的なるもの』を書くのです。非常に薄い本ですが、このなかに福田恆存の人間論は凝縮されて示されていました。

本講では、基本的に『人間・この劇的なるもの』に即しながら、福田恆存の人間観を整理していきたいと思います。

「宿命」をこそ、人は求めている

まず、『人間・この劇的なるもの』の主題から確認しておきましょう。福田は、本の冒頭部分で、次のように書いていました。

《私たちが欲しているのは、自己の自由ではない。自己の宿命である》(福田恆存『人間・この劇的なるもの』新潮文庫、23ページ)

この言葉をポンといわれても、「え？」と戸惑う方がほとんどではないでしょうか。実際、この言葉を読んでピンとくるかどうかが、この本を理解する上での最初の分岐点になるかと思います。
欲しいのは「自己の自由ではない」と言われるときの「自由」とは、まずは、「選択の自由」のことだと考えてください。
私たちの近代社会は「選択の自由」（束縛がないこと）を拡張することを価値としてきました。たとえば、家を継ぐしか選択肢がないところで、ある種の不自由や不満を感じてきた私たちは、「家業以外にも、政治家や、官僚や、学者や、小説家にもなることのできる社会」を作り上げ、これを、社会の「進歩」と呼んで寿いできたのでした。
もちろん、それ自体を否定したいわけではありません。が、問題なのは、その「選択の自由」そのものを価値だと思い込んでしまったところに生まれる価値観の霧散＝ニヒリズムです。
なるほど、ある程度の「選択の自由」は、人々の「幸福」を作り出す条件ではあります。が、それは飽くまで条件であって、それ自体が「幸福」を作り出すわけではないし、「幸福」そのものでもありません。福田が言いたいのは、そういうことです。
たとえば、「自由」を拡張した結果として、Ａだけではなく、ＢやＣやＤといった選択肢を得たとします。しかし、そのとき私たちは、その「自由」だけで選択を下すことができるでしょうか（可能性を限定することができるでしょうか）、むしろ、与えられた多くの選択肢のなかで迷ってしまうことになりはしないでしょうか。
「何者にでもなれるがゆえに、何者でもない」、あるいは「何者でもないがゆえに、何者にでもなれるかのような夢を見てしまう」、それゆえに、いつまでたっても「今、ここ」でのリアリティが手に入らない、この空虚感こそが、近代的「自由」を価値としてきたことの結果ではないのか、福田はそう言うのです。

実際、私たちが本当に生き生きと充実している瞬間のことを考えれば、そこには「選択の自由」などという概念が入り込む余地がないことが分かるでしょう。そのとき私たちは「私が生きる道は、これしかない」という宿命感、あるいは、取り換えられない唯一無二の人生を生きているという手応えを得ているはずです。

たとえば、これと似ているのが音楽です。

音楽のなかに入り込んで、それを演奏したり聴いたりするとき、いちいち私たちは、この音楽の自由と、あの音楽の自由とを比較したりするでしょうか。そんなことはしません。その音楽のなかに入り、その旋律やリズムに身を揺蕩わせているとき、私たちは、その音楽の必然性のなかに強く包まれています。つまり、有機的に繋がり合った音の連なりのなかに一種の宿命性を見いだし、「この音楽は、この音楽でしかあり得ない」と感じているはずなのです。

しかし、だとすれば私たちは、「あれも、これもできる」などという「自由」を本当に求めているのでしょうか。そうではないでしょう。私たちが本当に欲しているのは、誰とも取り換えの利かないこの私の人生、つまり「自己の宿命」ではないでしょうか。

それゆえに福田は、次のような過激な言葉を記すのです。

《自由とは、所詮、奴隷の思想ではないか》（同書95ページ）

これも一読分かりにくい言葉ですが、これまでの文脈を踏まえれば納得できるはずです。「奴隷」というのは、つまり軛を負った存在です。苦役を強いられ、目の前の現実に苦しんでいる存在だからこそ、彼／彼女らは、「ここではないどこかにある自由」を夢見てしまうのです。「自分の力を存分に発揮する自由（強さ）」ではなくて、「ここではないどこかに逃げていくための自由（弱さ）」。自己の充実ではなく、苦役からの逃避としての「自由」を思ってしまう。そんなものは所詮、「奴隷の思想」ではないか、福田はそう言うのです。

では、私たちが真に求めている「宿命」とは、どのようなものなのでしょうか。福田は、それを次のように表現していました。

《私たちが真に求めているものは自由ではない。私たちが欲するのは、事が起るべくして起っているということだ。そして、そのなかに登場して一定の役割をつとめ、なさねばならぬことをしているという実感だ。なにをしてもよく、なんでもできる状態など、私たちは欲してはいない。ある役を演じなければならず、その役を投げれば、他に支障が生じ、時間が停滞する——ほしいのは、そういう実感だ。〔中略〕

生きがいとは、必然性のうちに生きているという実感から生じる。その必然性を味わうこと、それが生きがいだ》(同書17ページ)

《私たちは自己の宿命のうちにあるという自覚においてのみ、はじめて自由感の潑剌(はつらつ)さを味わえるのだ。自己が居るべきところに居るという実感、宿命感とはそういうものである》(同書23ページ)

ここで重要なのは、「自己が居るべきところに居るという実感」という言葉です。しかし「自己が居るべきところ」が分かるためには、まず、その自己(部分)を包んでいる「全体」が信頼できていなければなりません。それが信頼できていればこそ、自己(部分)は、その役割を、「全体」のなかで適切に位置づけることができるのです。

が、これは決して抽象的な話ではありません。この感覚は、日々の暮らしのなかで私たちが具体的に知っているものです。

たとえば、家族における充実や、職場におけるやり甲斐も同じことです。その成員を、あたかも部品（全体と切り離された断片）のように扱う場所が、ちょっとしたことですぐに崩れていってしまうことは皆さんご承知の通りです。離婚率の増加や、離職率の高い職場が問題なのは、それが私たちの、「自己が居るべきところに居るという実感」の喪失を、つまり「生きがい」の喪失を意味しているからなのです。

では、どうすればいいのか。どのような方法で、私たちは私たちの「宿命感」を取り戻し、それを守っていけばいいのでしょうか。そのとき福田が語っていたのが、「演戯」という一言でした。

宿命を手繰り寄せるための「演戯」

福田恆存が「演戯」という言葉を使うのは、その「部分」と「全体」を相即させるための回路といったような意味においてです。「自己が居るべきところに居るという実感」を得ようとする人間の主体的で意識的な努力（部分）と、しかし、その実感が、人間の意識を超えた「自然」（全体）に依拠していることの距離を埋め合わせるための工夫、それが「演戯」という言葉に込められた意味でした。

福田恆存は、「演戯」について次のように述べます。

《自分が部分としてとどまっていてこそ、はじめて全体が偲ばれる。私たちは全体を見ると同時に、部分としての限界を守らなければならない。あるいは、部分を部分として明確にとらえることによって、そのなかに全体を実感しなければならない。

そういう二重性が、私たちに演戯を要求する。見て、見ぬふりをする。それがストイックたちの智慧であった。が、これは処世術ではない。じじつ、見ていて、見えないのだ。全体が見えないということは、部分の特権である。個人の特権である。

今日、私たちは、あまりにも全体を鳥瞰しすぎる。いや、全体が見えるという錯覚に甘えすぎている。そして、一方では、個人が社会の部分品になりさがってしまったことに不平をいっている。私たちは全体が見とおせていて、なぜ部分でしかありえないのか。じつは、全部が見とおせてしまったからこそ、私たちは部分になりさがってしまったのだ。ひとびとはそのことに気づかない。知識階級の陥っている不幸の源は、すべてそこにある。〔中略〕

もちろん、全体を見とおしうるというのは、錯覚にすぎない〔中略〕私たちが個人の全体性を回復する唯一の道は、自分が部分にすぎぬことを覚悟し、意識的に部分としての自己を味わいつくすこと、その味わいの過程において、全体感が象徴的に甦る》（同書35〜36ページ）

《未知の暗黒にとりかこまれていればこそ、自我は枠をもち、確立しうるのだ。その枠のないところでは、自我は茫漠として解体する。私のいう演戯とは、絶対的なものに迫って、自我の枠を見いだすことだ。自我に行きつくための運動の振幅が演戯を形成する。なんとかして絶対的なものを見いだそうとすること、それが演戯なのだ。ちょうど画家が素描において、一本の正確な線を求めるために、何本も不正確な線を引かねばならぬように》（同書39〜40ページ）

要するに、「これが本当の自分の宿命だ」と納得するためには、初めから「自然」に任せきってはダメなのです。どこかに自我の限界があることを承知の上で、まずは、自我の可能性を徹底的に試すこと、これが「演戯」という言葉の意味だと言っていいでしょう。

実際、自己の可能性を十分に試していない人生は、いつまでたっても、「あのとき、ああしておけば」とか、「このとき、こうしておけば」といった可能性の亡霊（後悔）を呼び寄せてしまい、己の「宿命感」を薄めてしまいます。それを避けるには、仮に失敗したとしても、可能性はその限界まで試されなければならないのです。

もちろん、初めから己の限界を承知している人間は、どこかで、その可能性にも醒(さ)めています。が、同時に、その自己の限界（つまり自己の輪郭）を知るためには、今言ったように、一度は自分の可能性に賭けて、そこで踊ってみせなければなりません。つまり、醒めつつ踊り、踊りつつ醒めながら、全体のなかの適切な位置を浮かび上らせること、「一本の正確な線〔宿命〕を求めるために、何本も不正確な線〔試行錯誤〕を引かねばならぬ」というのは、まさに、その「演戯」の方法についての言葉だと言っていいでしょう。

「死」という限界を与えている自然を信じる

では、最後に、自己の可能性の限界（自己の輪郭）を画しているものを、私は、私の力だけで浮かび上らせることはできるのでしょうか。言い換えれば、私は、私の力だけで、「全体のなかの適切な位置（宿命）」を見出すことはできるのでしょうか？

そんなことは不可能である、と福田は言います。そして、シェイクスピアの『ハムレット』に対する解釈のなかで、こう続けていました、「計量を事とする用心ぶかい個性の手が、自己の宿命を造りあげるものでないことを〔ハムレットは〕知っている」と。

なぜなら、私たちの可能性の限界には、必ず、自分ではどうしようもない「死」という出来事が横たわっているからです。福田は、その「死」の事実について、次のように書いていました。

《いかなる個人も、もしその生涯を必然化しようとするならば、べつのことばでいえば、完全に自由であろうとするならば、自分の死を必然化しなければならぬのである。〔中略〕私たちは死の先手を打つことによって死に勝つことはできない》（同書66～67ページ）

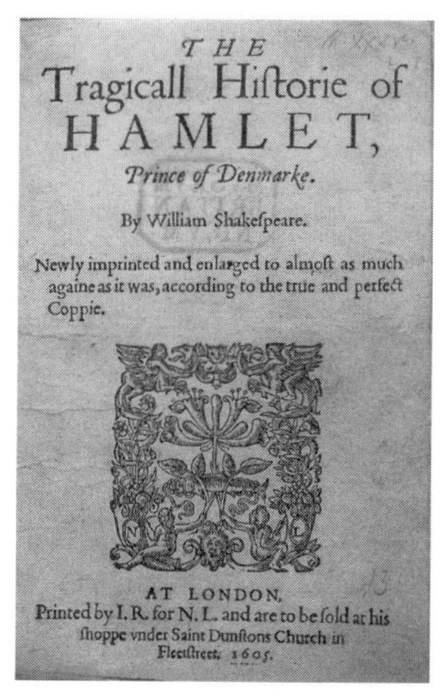

『ハムレット』の原書（第2四折版、1605年）

《自分をどう主張したところで、死は容赦なくやってくる。自分で編みだした必然性や、自分で造りあげた宿命など、自分の死後にまで通用するはずのものではない。〔中略〕ストイシズムを頂点とする個人主義の限界がそこにある》（同書86ページ）

しかし、だとすれば私たちは、自分の可能性の限界―自己の「宿命」を適切に浮かび上らせるためにも、あらかじめ「死」という出来事を引き受けておかなければならないのではないでしょうか。

そして、福田は「死にたいする信頼」を語ります。

《個人は個人に対立する。が、その個人は全体のまえに滅びなければならない。クローディアスに敵対したハムレットは、どうしても死ななければならぬのである。観客は劇場において、自由の勝利などというものを求めはしない》（同書112ページ）

《なるほど、ハムレットはクローディアス政体の全体性を認めはしないが、それによって滅んでいくとき、それとは別の次元に、自分を滅ぼす全体性の存在を容認しようとしている。私がまえに、死にたいする信頼といったものはそれだが、私たちは、自分を滅ぼすものを信頼することによってしか生きられない。信頼ということばに値する信頼は、それしかないのである。いいかえれば、個人としての自分よりは、全体を信じるしかなく、そうすることによってしか、自分を信じることはできぬであろう》（同書114～115ページ）

「生と死」の循環において「自然」の全体が浮かび上がるのだとしたら、私たちは、まずは己に与えられた〈生と死＝自然〉を信頼する必要があるのです。それが信頼できない限り、私たちは、「死」（失敗）に怯えながら、過去を繰り返し反省し、未来を打算し続けなければならないのみならず、いつまでたっても「判断の停止と批判の中絶」による「行動」へと踏み出すことができないのです。ということは、「行動」によって、自己の限界、すなわち、己の〈宿命＝全体のなかでの適切な位置〉を浮かび上がらせることもできないということです。

実は、これは国も同じです。つまり、この日本列島に与えられた「自然」を見失ったとき、国もまた、〈全体のなかでの適切な位置〉を見失ってしまうことになるのです。列島に与えられた「自然」のなかで言葉が生まれ、農業が営まれ、それに沿ったかたちで四季の感覚が整えられ、それがこの国固有の文化＝生き方を育んできたのだとすれば、その「自然」を見失ったとき、日本人が、日本人自身に「自信」が持てなくなってしまうのは当然でしょう。

その意味で言えば、国における「自然」とは、私たちが組み合うべき条件であり、私たちの力能を上げるための「型」だと言った方が正確かもしれません。なるほど、この国の近代主義者たちは、国の〈条件＝型〉を、個人の「自由」を抑圧する軛（くびき）として否定してきました。が、しかし、それは本当に正しいことだったのでしょうか？　この疑念において、近代主義者に抵抗する福田恆存の「保守思想」が語られることになります。

『人間・この劇的なるもの』の結論部分を読んでおきましょう。

《祭日とその儀式は、人間が自然の生理と合致して生きる瞬間を、すなわち日常生活では得られぬ生の充実の瞬間を、演出しようとする欲望から生れたものであり、それを可能にするための型なのである。私たちが型に頼らなければ生の充実をはかりえぬのは、すでに私たち以前に、自然が型によって動いていたからにほかならぬ。生命が周期をもった型であるという概念を、私たちは、ほかならぬ自然から学び知ったのだ。自然の生成に必然の型があればこそ、私たちはそれにくりかえし慣れ、習熟することができる。そして偶然に支配されがちの無意味で不必要な行動から解放される。なぜなら、型にしたがった行動は、その一区切り一区切りが必然であり、それぞれが他に従属しながら、しかもそれぞれがみずから目的となる。〔中略〕

必然とは部分が全体につながっているということであり、偶然とは部分が全体から脱落したことである。〔中略〕型にしたがった行動は、私たちを〔無限の資料を点検し、自分で自分の行動を必然化しようとするかのような〕そういう緊張から解放してくれ、行動それ自体として純粋に味わいうるようにしむけてくれる。そのときにおいてのみ、私たちは、すべてがとめどない因果のなかに埋れた日常生活の、末梢的な部分品としての存在から脱却し、それ自身において完全な、生命そのものの根源につながることができるのだ》(同書153〜155ページ)

偶然的で部分的でしかない「個人」に、宿命的な全体性を与えるもの、それこそが〈自然からの贈り物〉としての「型」なのだと福田は言います。

たとえば、春・夏・秋・冬という「型」のことを思い出してください。それはもちろん、人間が「自然」のリズムに即しつつも作為して造った「型」ですが、もし、その「型」の概念がないとしたら、私たちは、「自然」をじっくりと落ち着いて味わうことができるでしょうか。その「型」がなければ、おそらく私たちは、春・夏・秋・冬の認識もなく、ずっと変化し続けるだけの自然を前に、日々の気温の寒暖差を偶然的＝統計的に測ることしかできません。

いや、その寒暖差を測る数字でさえ、ある種の「型」なのだとすれば、その「型」なくして、私たちは対象との距離を保ちながら、それを観察することはできません。その結果、ただ変化し続ける、かたちを持たない「自然」が残され、私たちは、その不気味な「自然」を前に、ずっと緊張し続けなければならなくなります（たとえば、「型」の感性を持たない統合失調症の患者は、現実に対してずっと緊張していると言われます）。

つまり、私たちの生命そのものが「型」を欲しているのです。「型」があればこそ、私たちは厳しい「冬」に耐えながら「春」を待ち望むことができるのです。「自然」に身をあずけ、その時々の季節を感じることができるのです。その「型」を失った瞬間、私たちは緊張し、ぎこちなくなり、妄念に憑（つか）れはじめるのです。

〈後ろから自分を押してくる生の力＝自然〉を自覚する

そして、ここで重要なのは、この春・夏・秋・冬の味わいを照らし出す最大の「型」こそが、私たちの国語だという事実でしょう。

たとえば、『古今和歌集』や『新古今和歌集』を開けば、そこには、国語によって象（かたど）られた季節が、春の歌、夏の歌、秋の歌、冬の歌として、味わい深く示されています。列島のなかで生成してきた国語によって時間—季節が象られ、その「型」によって、私たちは、私たちの「自然」と付き合ってきたのだとすれば、まさに、国語こそは、私たちの宿命感、全体感、現実感、リアリティをその根底で支えている「第二の自然」だと言うべきでしょう。

そして、その国語と共に運ばれてきたもの、それが古典なのだとすれば、私たちはその古典との付き合いを抜きにして、日本人の息づかい、呼吸感を知ることはできないということでもあります。

しかし、それは逆に言えば、その〈古典―国語―第二の自然〉への回路を持つことさえできれば、日本人は、「後ろから自分を押してくる生の力（持続）」を自覚することができるのだと言うこともできます。「おのずから」背中を押してくる力によって、「みずから」の一歩を見いだすこと。これが「主体性」の本当の意味なら、ここにおいて日本人は、自然な「主体性」を持つことが、つまり、自分自身に自信をもつことができるようになるのです。

福田恆存が、近代日本における「個人」の確立を言ったのは、決して、西洋の近代個人主義を真似ようという話ではありません。それは、今述べたような「自然」への信仰に基づいたものとしての「自信」であり、「主体性」でした。そして、それを支えていたものは、もちろん何かしらの教義学ではなく、徹頭徹尾、自己の宿命を通じて見出された「自然」の手応えでした。その点、福田恆存の演劇も、シェイクスピア翻訳も、国語論も全て、日本人の〈宿命＝自然〉を見いだすための「演戯」だったと言えるでしょう。

本講では、福田恆存の思想の核心部分について纏（まと）めておきましたが、次講では、改めてそれを小林秀雄の言葉と突き合わせておきたいと思います。それによって、日本人の「自然」のかたちは、よりクッキリと浮かび上がってくることになります。

第13講

宮本武蔵「我事に於て後悔せず」の真意と小林秀雄の自然観

日本人の「自然観」

福田恆存の自然論と小林秀雄の「砧木(だいぎ)の幹」

前講では、福田恆存の思想を「自然への信仰」という観点からまとめておきましたが、またしても主題となったのは「自然」でした。小林秀雄と吉本隆明を繋ぐ言葉も「自然」でしたが、その輪郭は福田恆存によって、より詳細に描かれていました。

もちろん、そこには微妙な違いもあります。小林秀雄が強調したのが「直観」や「伝統」だったとするなら、吉本隆明は「対幻想」や「大衆の原像」を強調し、また福田恆存は「演戯」や「宿命」を強調していました。が、それらの概念は全て、日本人の「自立」や「主体性」を支えている言葉だったことは忘れるべきではないでしょう。

ただ本講は、これまでの議論を承(う)けて、それを改めて日本人の伝統的な「自然観」に接続するために、小林秀雄の「私の人生観」というテキストを取り上げて議論を続けたいと思います。(※1)

ちなみに、後に福田恆存は、「それ〔個人的自己〕がもし過去の歴史と大自然の生命力に繫がつてゐなければ、人格は崩壊する。現代の人間に最も欠けてゐるものはその明確な意識ではないか」(「近代知識人の典型清水幾太郎を論ず」昭和55＝1980年、福田恆存『国家とは何か』文春学藝ライブラリー所収、325〜326ページ)、と書いていましたが、小林秀雄が、その晩年に強調していたのも、日本人に、その生命力を送り届けているところの「砧木(だいぎ)の幹」(「正宗白鳥の作について」昭和58＝1983年)という議論でした。

「砧木の幹」という言葉自体は、内村鑑三の『代表的日本人』のなかに出てくる言葉ですが、小林秀雄は、それを改めて、近代／日本を繋ぐための「比喩」として援用していました。

「砧木の幹」とは、接ぎ木の台となる木のことですが、この「砧木」こそが、接ぎ木となった木に水と養分を送り与えているものなのだとすれば、近代日本において目を向けるべきなのは、明治維新以降に接ぎ木された「近代文明」である以上に、そもそも私たちが、そこで呼吸をしてきた「日本の自然」ではないのか。これが小林秀雄の問題意識でした。

晩年の小林秀雄が、「僕の弟子も福田君で終わりだな」（郡司勝義『小林秀雄の思ひ出』）と言っていたというエピソードはすでに紹介しておきましたが、小林秀雄が語っていた「砧木の幹」の問題は、そのまま、福田恆存の言う「過去の歴史と大自然の生命力」との繋がりという主題に引き継がれていたと言えます。

自然観とは内側から湧いてくるリアリティである

福田恆存は、「自然」の声を聞くことを「後ろから自分を押してくる生の力」（持続）の自覚として表現していましたが、それと同じことを、小林秀雄は、自己の内部に沈潜することとして表現していました。

たとえば、戦後の小林秀雄における第一声とも言える「私の人生観」（昭和23＝1948年11月講演／昭和24＝1949年10月発表）という講演のなかで、小林秀雄は、日本の仏教である禅宗と、日本の山水画（自然）とが結び付いていく必然を次のように語

雪舟『秋冬山水図』（冬景図）

っていました。

《禅宗は、御承知の様に「直指人心見性成仏」と言って、徹底した自己観察の道を行くのであります。「不立文字」という事を強調するが、これは言語表現の難かしさに関する異常に強い意識を表明したものであって、自己表現の否定をいうのではない。言語道断の境に至って、はじめて本当の言語が生れるという、甚だ贅沢な自己表現欲を語っているものだと考えられる。教理論として形式化したお釈迦様の菩提樹の下の禅観に、新しい命を吹き込んだこの運動は、当初の緊張状態が過ぎて次第にゆとりが出て来る様になりますと、当然その内部から芸術表現を生む様になる。それが、わが国の美術史の上で非常に大切な室町の水墨画となって完成するのであります。〔中略〕

山水は徒らに外部に存するのではない、寧ろ山水は胸中にあるのだ、という確信がもし彼等になかったなら、何事も起り得なかったというところが肝要なのである。彼等には画筆とともに禅家の観法の工夫があった。画筆をとって写す事の出来る自然というモデルが眼前にチラチラしているなどという事は何事でもない。自然観とは真如感という事である。真如という言葉は、かくの如く在るという意味です。何とも名附け様のないかくの如く在るものが、われわれを取巻いている。われわれの皮膚に触れ、われわれに血を通わせてくるほど、しっくり取巻いているのであって、何処其処の山が見えたり、何処其処の川を眺めるという様な事ではない》(小林秀雄「私の人生観」、小林秀雄『人生について』中公文庫所収、21～22ページ)

ここで小林秀雄は、「禅宗は……徹底した自己観察の道を行く」と言っていますが、これを福田恆存の文脈で言えば、要するに、「99匹」の地平から「1匹」の地平へと潜っていくことだと言い換えられます。しかし、その「1匹」の内部へとずっと沈潜していくと、そこに「何とも名附け様のないかくの如く在るもの」が現れてくる。つまり、「99匹」的な煩悩の世界を洗った先で、はじめて〈ありのままの自然〉が見えてくると言うのです。

だから、「自然観とは真如感」であるとも言われるのですが、この場合の「真如」とは、ほとんど、〈世界はこの様にしかあり得ない〉というリアリティ＝真理の別名だと言った方がいいでしょう。自己の内部に沈潜した先で湧いてくる直感とリアリティ、それこそが日本人の「自然観」を伝統的に支えてきた感覚だと言うのです。

と同時に、われわれの皮膚に触れ、われわれに血を通わせてくるほど、しっくり取巻いている「自然」は、しかし、対象化できるような特定の何か（どこそこの山や川など）ではありません。「自然」のリアリティとは、目の前にある「モノ」に還元できるようなものではなく、世界と繋がることで湧き上がってくる「コト」の体験だと、小林は言うのです。

「空観」で真の自然に目覚めることが日本人の生き方

このリアリティについて、少しだけ理屈を述べておきましょう。

たとえば、目の前の「山」について真に理解するには、その背景にある「空」や「大地」などについても理解しておく必要があります。しかし、その「空」や「大地」について真に理解するには、それを可能にしている「世界」や「自然」についても理解しておかなければなりません……と、つまり、一つの対象（図）を理解するには、その背景となる「地」を理解しておかなければならないのですが、いま述べたように、背景はまたその背景を必要としてしまうわけで、実は「地」は無限に広がっていってしまうのです。

では、私たちが「山」のリアリティを感じ取っているとき、私たちは、その背後に無限の「知識」を必要としているでしょうか？
そんなことはないでしょう。
そんな知識がなくても、私たちは「山」を「山」として、「川」を「川」として、自然に感受することができるのです。
しかし、ということは、私たちは、それらの「知識」を得る以前から、常に既に有機的な「図」と「地」の統合作用（直観）を生きているとは言えないでしょうか。「山」を包摂する「空」や「大地」、そして「空」や「大地」を包摂する「世界」や「自然」について、その「全体」を常に既に私たちは知っているのです。
もちろん、そのとき知っているのは、それぞれの対象についての「意味」ではないし、その統合作用も無意識的なものです。それは、意識の底にある生命の営みだと言った方が正確かもしれません。生命として生まれた瞬間から、私たちは、その力を生きているのです。
しかし、それなら、私たちが、その意識の底で働く「いのち」に触れるためには、外界の様々な知識や観念、あるいは人工的に設えられた外的枠組みから十分に距離をとっておく必要があります。意味の囚われを脱し、自己の内部に沈潜する必要があるのです。
禅宗を含む仏教では、それを「空観」と呼びましたが、小林秀雄は、まさに、その「空観」において「自然」を見出すのです。
たとえば、目の前の「山」が美しく見えたとしましょう。そのとき、それは、私の主観が意識したことなのでしょうか。違うでしょう。それは、目の中に映り込んできた「山」が、私の「いのち」と相即したがゆえに立ち起こってきた感慨なのです。「美」は、私が意識的に作り出せるものではなく、それは、ある出会いのなかで直観される、世界と私との調和のかたちなのです。
そのとき、そこに浮かび上ってきた「いのち」を掬い取ること、それを言葉によって為せば歌が現れ、紙と筆によって為せば山水画が現れるのです。これが真（真如感のリアリティ）と、善（統合力）と、美（自然との調和）とを貫く日本人の感性であり、宗教心であり、また芸術論でもありました。小林は、ここに日本人の「生き方」の源泉を見出すのです。

だから、日本人の信仰心を、特定の宗教に還元することは間違いなのです。日本人は、神道、仏教、儒教の全てを重んじながら、しかし、それら特定の観念（イデオロギー）に囚われることを嫌いました。それは、そもそも日本人の信仰心が、概念や観念を削ぎ落していった先に現れる「自然」を信仰していたからなのです。

後悔を繰り返していては自身の宿命には辿り着けない

しかも、ここで重要なのは、この日本人の信仰心が、プラグマティックな「強さ」とも矛盾しないということです。「私の人生観」のなかで、小林秀雄は「実用主義というものを徹底的に思索した、恐らく日本で最初の人」である宮本武蔵を取りあげ、その「強さ」の源泉にあったものも、この「空観」であったと言うのです。つまり、分割された対象に目を奪われずに、持続する全体を見る目、それが武蔵の強さの源泉であったと。読んでおきましょう。

宮本武蔵
（天正12＝1584年？～正保2＝1645年）

《武蔵は、見るという事について、観見二つの見様があるという事を言っている。細川忠利の為に書いた覚書のなかに、目付之事というのがあって、立会いの際、相手方に目を付ける場合、観の目強く、見の目弱く見るべし、と言っております。見の目とは、彼に言わせれば常の目、普通の目の働き方である。敵の動きがああだとかこうだとか分析的に知的に合点する目であるが、もう一つ相手の存在を全体的に直覚する目がある。「目の玉を動かさず、うらやかに見る」目がある。そういう目は、「敵合近づくとも、いか程も遠く見る目」だと言うのです。「意は目に付き、心は付かざるもの也」、常の目は見ようとするが、見ようとしない心にも目はあるのである。言わば心眼です。見ようとする意が目を曇らせる。だから見の目を弱く観の目を強くせよと言う》(同書40〜41ページ)

「見の目」というのは、対象をジロジロと見る目です。剣の色が変わったとか、少し足が動いたとか、手の位置が変わったとか、少し目が動いたとか……。しかし、その一つひとつに目が奪われてしまうと、私たちは「全体」の動きが見えなくなってしまいます。

というのも、世界全体は有機的に絡み合いながら動いているからです。とすれば、状況を正確に把握するためには、やはり「うらやかに見る」目が必要になってくるでしょう。

たとえば、コロナ禍の際にも、感染対策やワクチンだけに目を奪われた結果、何がもたらされてしまったのかはもう皆さんご存知だと思います。「観の目」を失った結果として、私たちは、ある意味ではウィルス被害よりも大きな被害——自粛による経済被害、鬱病、若者将来世代への影響、拙速なワクチン開発とその被害など——を蒙ることになったのです。

だから、危機に際してこそ、この〈うらやかに見る目＝観の目〉が必要なのです。そして興味深いのは、それがそのまま、人生の充実をも導くだろうという小林秀雄の指摘です。

《宮本武蔵の独行道のなかの一条に「我事に於て後悔せず」という言葉がある〔中略〕これは勿論(もちろん)一つのパラドックスでありまして、

自分はつねに慎重に正しく行動して来たから、世人の様に後悔などはせぬという様な浅薄な意味ではない。今日の言葉で申せば、自己批判だとか自己清算だとかいうものは、皆嘘の皮であると、武蔵は言っているのだ。〔中略〕そういう小賢(こざか)しい方法は、寧ろ自己欺瞞(ぎまん)に導かれる道だと言えよう、そういう意味合いがあると私は思う》(同書39〜40ページ)

「私の人生観」が、戦後直後になされた講演だったことを思い出して下さい。その頃、世間は「一億総懺悔(そうざんげ)」という合言葉と共に、まさしく「自己批判だとか自己清算だとか」いう言葉を騒がしく喧伝(けんでん)していたのです。巷には「ああすればよかった、こうすればよかった」などという後悔の言葉が溢れかえっていました。

しかし、そんな「見の目」による反省だけでは、私たちは「自己欺瞞」と「自己喪失」へと導かれてしまうだけでしょう。続けて小林は言います。

《昨日の事を後悔したければ、後悔するがよい、いずれ今日の事を後悔しなければならぬ明日がやって来るだろう。その日その日が自己批判に暮れる様な道を何処まで歩いても、批判する主体の姿に出会う事はない。別な道が屹度(きっと)あるのだ、自分という本体に出会う道があるのだ、後悔などというお目出度(めでた)い手段で、自分をごまかさぬと決心してみろ、そういう確信を武蔵は語っているのである。それは、今日まで自分が生きて来たことについて、その掛け替えのない命の持続感というものを持て、という事になるでしょう》(同書40ページ)

これはまさに、福田恆存が語る「宿命感」と同じことを、小林秀雄の言葉で語ったものだと言っていいでしょう。

私たちは、ひとたび自己批判や後悔を肯定してしまうと、今度は、後悔した今日のことを、また明日に後悔してしまいかねないのです。しかし、そうなればもう後悔に歯止めは利きません。都合が悪くなれば自己批判を繰り返し、「あのとき、ああしておけば」と言いながら、「自分という本体」を見失ってしまうのです。

しかし、それでは自分自身の「掛け替えのない命の持続感」を手にすることはできません。分割も反省もできない「いのち」にたどり着くことができないのです。

だからこそ、まずは、後悔によっては誤魔化（ごまか）すことのできない「いのち」の全体性を覚悟する必要があるのです。それを覚悟するがゆえに、「いのち」は、その有機性の強度を増し、分割＝後悔し得ないもの＝「宿命」として現れることができるのです。

そして、それはもちろん「歴史」の引き受けにおいても同じことです。小林秀雄は、晩年に『本居宣長』という本を書いていましたが、そこで示されていたのも、途切れのない〈歴史―伝統〉の宿命性であり、また、その引き受けという主題でした。

日本最古の古典である『古事記』の「いのち」は、本居宣長の『古事記伝』によって甦り、本居宣長の「いのち」は、小林秀雄の『本居宣長』によって甦る。そして、小林秀雄の「いのち」は、それを読む読者の「いのち」によって甦るのだとすれば、こうした「いのち」のリレーのことを、私たちは「伝統」と呼んできたのではなかったでしょうか。「伝統」とは、それ自体が分割も後悔もできない「掛け替えのない命の持続感」のことではないのか、それが小林秀雄の言いたいことでした。

本講は、小林秀雄の議論を通じて、改めて「日本人の自然観」について見ておきました。次の最終講義では、再び現代に戻ったうえで、それを人間の幸福論に接続しておきたいと思います。

（※1—ここで1点だけ注意しておくとすれば、吉本隆明の「自然」だけが、小林秀雄と福田恆存の「自然」に比べて、「伝統」のニュアンスを担うことが少なかった点です。その「伝統」への緊張感の違いが、吉本隆明をして、「庶民」や「民衆」と、オルテガの言う「大衆」を区別させなかったゆえんであり、高度経済成長後に現れた大衆消費社会を否定させなかった理由だろうとも考えられます。

その点、福田恆存の議論を引き継ぐ本講では、やはり吉本隆明ではなく、小林秀雄に議論の焦点を合わせることにしました）

第14講

福田恆存「快楽と幸福」から読み解く日本人の流儀

幸福論へ――日本人の流儀に向けて

なぜ私たちは「自然」を見失い、自信を失くしたのか

これまで、小林秀雄や吉本隆明や福田恆存などの文芸批評家の議論に即して、「日本人の自然観」について見てきました。

しかし、「自然観」などと言うと、「なるほど、そういう見方もあるのですね」程度に受け流されてしまいかねません。あるいは、「どこかにそういう見方があって、それを取り戻しさえすればいいんでしょ」と、まるで取り外し可能な眼鏡（モノ）のように、その「自然観」を受けとる向きもあるでしょう。本講では、そうではないことを最後に申しあげて、講義を終わりたいと思います。

ここで重要になってくるのが、「幸福論」です。

もし、私たちが「幸福」になりたいのなら、やはり私たちは、私たちの「自然」に目を向けるしかありません。つまり、「自然に従うこと」は、決して徳目ではないのです。それは、私たちの「幸福」のために必要な、プラグマティックな「真理」なのです。

さて、それを踏まえた上で、現代に目を向けてみましょう。そうすると、まさしく、私たちの時代が「不幸」であることの理由が見えてきます。

この講義のなかで何度も繰り返してきたように、私たち日本人は、明治維新による切断、敗戦による切断、そして高度経済成長による切断、そして、ポスト・モダニズムやネオ・リベラリズム（グローバリズム）による切断と、幾多の切断を潜り抜けてここまで生きてきました。その間、私たちは、「日本人の自然観」や「日本人の流儀」はおろか、自分たちの「幸福感」がどこにあるのかさえ見失ったまま、ただ時代の「意匠」に躍らされ続けてきたのでした。

ここでは、改めて、私たちに一番近いポスト・モダニズムとネ

オ・リベラリズムについて、少しだけ振り返っておきます。

ポスト・モダニズムという時代の意匠は、簡単に言えば、「大きな物語の終焉」をモチーフにしていました。高度経済成長が終わり、「脱工業社会の到来」（ダニエル・ベル）を前に、近代を引っぱってきた「進歩主義の物語」が信憑性を失ってしまったのです。

ただ、それだけの話なら、単に「停滞」を意味するだけですが、彼らは「だからこそ私たちは、『大きな物語』に囚われることなく各人別々の『小さな物語』と戯れられるようになったのだ」という〈解放の物語＝相対主義の寿ぎ(ことほぎ)〉を強調していました。

ただ、だからこそというべきか、その後に本当にやってきたのは、全ての価値を相対化した上で、それを「お金」に還元するネオ・リベラリズム（新自由主義）のイデオロギーだったのです。

ネオ・リベラリズムの代表的イデオローグであるミルトン・フリードマンは言います、「資本主義社会では、自分の思想を広めようとして資金集めをするとき、それがどんなに奇抜な思想であっても、気前のいい資産家を何人か説得できればそれで事足りる〔中略〕しかも実際には、資金の出し手である資産家や銀行に、その思想のすばらしさを納得してもらう必要さえない。思想を広める運動が金銭的に見合うことさえ納得してもらえれば、それでいいのである」（フリードマン『資本主義と自由』村井章子訳、日経ＢＰ社）、と。

これこそ「市場原理主義」と呼ぶべき言葉ですが、その後1990年代から2000年代まで、この無邪気な金銭主義が世界を席巻することになります。その結果、私たちの生活世界は、「悪魔の碾き臼(ひきうす)」（カール・ポランニー）に挽かれてしまったかのようにバラバラに解体され、伝統のなかに育った「掛け替えのない命の持続感」は、「交換可能なモノ（商品）」へと還元され、それらはグローバル市場のなかで売られていったのです。

そして、それはそのまま、私たちの「宿命感」が希薄になっていった過程と軌を一にしていました。他者との絆は見失われ、人生の手応えは失われ、現実感が希薄になっていく。そのなかで、私たちは私たちの「自然」を見失い、自信を失くしていったのです。

中間共同体の溶解と「デジタル社会」の両刃の剣

果たして、そのとき最大の被害をこうむったのが、中間共同体――家族、地域共同体、会社共同体、労働組合など――でした。

あらゆるものが「お金」に還元されると、もちろん人は「お金」が集まるものの方に引っぱられていきます。するとまず人口の多い都市部と、人口の少ない地方との間に格差が出てきます。しかも、ネオ・リベラリズムと緊縮思想に染まった国家は、「お金」を規制したり、その格差を是正しようとはしないので、人口が多い場所に投資が集まり、投資が集まる場所に人口が集中するという悪循環に歯止めがかかることはありません。

かくして、地方は疲弊していき、都市部にあった会社共同体なども、次第に共同体的なもの（年功序列・護送船団方式）から、競争的で能力主義的なものへと、その性格を変化させていきます。

ここで重要なのが、中間共同体最大の特徴が「お金では動かない」ということでしょう。例えば最小の中間共同体である家族を考えてみれば分かりやすい。もし、家族のなかで、「お金をあげるから、私のわがままを許して」とか、「お金をあげるから、お父さんの虐待を許してくれ」とかいった取引が行われたとしたら、それはすでに家族ではありません。いや、そもそも、そこは人間を生み育てる場所ではなくなっています。だからこそ家族が家族である限り、そのなかでは「お金」の意味は限定的なのです。

しかし、だとすれば、そんな中間共同体が「お金」によって解体されていった先で、ニヒリズムが現れることは容易に想像がつくはずです。そこには人間同士の絆も、自分と他人との距離感を測るための礼儀作法も、人と人が頷(うなず)き合うための価値の探求もありません。あるのは、「どうしたら稼げるのか」という打算だけです。

しかし、そのような状況で、「勝ち組」は、まだ「お金」で自分を慰めることができるかもしれませんが、それ以外の、ほとんどの人間はそうはいきません。故郷を失い、中間共同体を失った「個人」は、居場所を求めてさまようことになります。そして、そんな不安な主観を囲い込むものとして2000年代後半から現れてきたもの、それがソーシャルネットワーキングサービス（SNS）でした。

かくして、中間共同体を息づかせていた伝統的な「おのずから」の感覚が失われてしまったその穴を、SNSの疑似共同体が埋め合わせることになります。SNSのなかで人々は、「他人が自分と同じである」ことを確かめながら、その疑似共同体のなかで情報をやりとりするようになっていくのです。

が、もちろんそれは、両刃の剣でした。

実際、SNSの普及と共に、「他人と同じであること」を強いる「鏡張りの部屋」、つまり、自分と同じ人間しか見えない空間に閉じ込められた個人は、「自己閉塞性と不従順さ」を増し――まさにこれはオルテガによる「大衆」の定義でした――少しでも、「他人が自分と違っている」と、それを批判し罵(ののし)るようになっていったのです。

もちろん、この「鏡張りの部屋」を政治的に利用すれば、人々の「洗脳」は容易になります。事実、その後、政治の営みは、相手と議論し折り合っていくための営みというより、相手を洗脳するか、論破し排除するかといった二者択一の運動と化していきました。

それが最も顕著に現れたのが、2019年末から2022年までのコロナ禍でしょう。SNS上では、自粛派と反自粛派、ワクチン派と反ワクチン派に別れて罵倒しあう風景がよく見られましたが、それはまさに、ネオ・リベラリズム以降の世界において、「議論」が死滅してしまったことを、強く、私たちに印象づけることになったのでした。

日本人を支える大いなる自然を「信じる」ことが幸福への道

こうして、SNSの疑似共同体（仮想空間）においては、誠実な議論がほとんど見られなくなってしまいました。本質的な議論や、自発的な思考は後退し、敵と味方とに分かれたかたちでの賞賛と罵倒、依存と反発といった反応が大勢を占めていきます。これが「感情の時代」としての現代の偽らざる姿でしょう。

しかし、それなら、今、考えるべきは、グローバリズムの可能性でもなければ、ITやAIの可能性でもなく、私たちの〈幸福感＝宿命感〉を可能にしている「交換できないもの」の可能性ではないでしょうか。これは言うほど簡単ではありませんが、それ以外に、私たちの「幸福」を取り戻す術（すべ）がないのなら、まずは、自分たちの足元から、その議論を用意しておく必要があろうかと思います。

その点、やはり最後は福田恆存の言葉によって、私たちの「幸福」のあり方について見ておくのが適当でしょう。これまでの「自然」についての議論――D・H・ロレンスや、福田の「人間論」を念頭において聞いていただければ幸いです。

高度経済成長の真っ只なかの昭和31年（1956）、福田恆存は「快楽と幸福」というエッセーを書いていましたが、それはまさに私たち日本人の「生き方」を改めて見つめ直して書かれた文章でした（初出は講談社の雑誌『若い女性』に連載、『私の幸福論』ちくま文庫、『保守とは何か』文春学藝ライブラリーに所収）

これは、私自身が、人生に迷ったときにいつも立ち返る言葉なのですが、まずは少し読んでおきましょう。

《思うに、私たちはなにか行動を起すばあい、「将来」ということに、そして「幸福」ということに、あまりにこだわりすぎるようです。一口でいえば、今日より明日は「よりよき生活」をということにばかり心を用いすぎるのです。その結果、私たちは「よりよき生活」を失い、幸福に見はなされてしまったのではないでしょうか。

それなら、ここに、もう一つ別な生きかたもあったのだということを憶い起してみてはどうか。というのは、将来、幸福になるかどうかわからない、また「よりよき生活」が訪れるかどうかわからない、が、自分はこうしたいし、こういう流儀で生きてきたのだから、この道を採る——そういう生きかたがあるはずです。いわば自分の生活や行動に筋道たてようとし、そのために過ちを犯しても、「不幸」になっても、それはやむをえぬということです。そういう生きかたは、私たちの親の世代までには、どんな平凡人のうちにも、わずかながら残っておりました。この自分の流儀と自分の欲望とが、人々に自信を与えていたのです。「将来の幸福」などということばかり考えていたのでは、いたずらにうろうろするだけで、どうしていいかわからなくなるでしょう。たまたま、そうして得られた「幸福」では、心の底にひそむ不安の念に、たえずおびやかされつづけねばなりますまい。それは「幸福」ではなく、「快楽」にすぎません》（福田恆存『私の幸福論』ちくま文庫、220ページ）

近代以降、日本人は「よりよき生活」を求め続けてきました。が、それによって逆に、自分自身の「生き方」を見失ってきたのではないか、福田が言いたいのはそういうことです。

今日よりも明日、明日よりも明後日、あるいは、これがダメならあれが、あれがダメならそれが……と、自分の「外」（将来）ばかりを見ているから、自分の足元が覚束なくなるのです。そんな態度では、いつまでたっても「自分の流儀と自分の欲望」などが育つわけがない。そして、自分の歩き方も知らず、「自分の流儀」も貫けない人間が、本当の自信など持てるわけがありません。

そして、福田は、こう言葉を続けます。

《私はいま「自信」と申しましたが、それは結局は、自分より、そして人間や歴史より、もっと大いなるものを信じるということです。それが信じられればこそ、過失を犯しても、失敗しても、敗北しても、なおかつ幸福への余地は残っているのであります。この信ずるという美徳をよそにして、幸福は成り立ちません。〔中略〕

自分や人間を超える、より大いなるものを信じればこそ、どんな「不幸」のうちにあっても、なお幸福でありうるでしょうし、また「不幸」の原因と戦う力も出てくるでしょう。もし、その信仰なくして、戦うとすれば、どうしても勝たなければならなくなる。勝つためには手段も選ばぬということになる。しかし、私たちは、その戦いにおいて、終始、一種のうしろめたさを感じていなければならないのです。なぜなら、その戦いは、結局は自分ひとりの快楽のためだからです。あるいは、最後には、勝利のあかつきに、自分ひとりが孤立する戦いだからです。そういう戦いは、その過程においても、勝利の時においても、静かな幸福とはなんのかかわりもありません》（同書221～222ページ）

ここには、「外」だけを見ている人間が、幸福になれないことの理由と共に、信仰を持つ人間の強さの理由が書かれています。

自分の内なる「自然」に耳を傾け、そこに働いている「大いなるもの」への信仰を持たない限り、人は、どれだけ戦いに勝ち続けようと、自己の不安や後ろめたさを払拭することはできません。どれだけ勝ちを収めてきたに人間も、それが「自分ひとりの快楽」のためである限り、そこにある孤独＝後ろめたさを癒すことはできないのです。そして、その勝ち続けなければならない現実のなかで、次に勝つ保証はどこにもないのです。

ここで言う「勝ち」は、「お金」の別名と考えても構いませんが、いずれにせよ、ここに描かれているのは、孤独と焦燥と不安に駆られた人間の、本当の「不幸」の姿だと言っていいでしょう。

しかし、だからこそ、信仰が必要なのです。仮に自分が滅んだとしても、その滅んでいく自分という「部分」を包み込む「全体」への信頼、その信頼があればこそ、私たちは、滅びてもなお幸せを感じ取ることができるのであり、それゆえに滅びを覚悟して戦うこともできるのです。外的な基準（勝ち、お金）を超えた自分の欲望、自分の歩き方、自分の呼吸感、自分の歩幅に自信を持つことができるのです。そして最後に、福田恆存はこう締め括ります。

《まずなによりも信ずるという美徳を回復することが急務です。親子、兄弟、夫婦、友人、そしてさらにそれらを超えるなにものかとの間に。そのなにものかを私に規定せよといっても、それは無理です。私の知っていることは、そんなものがこの世にあるものかという人たちでさえ、人間である以上は、誰でも、無意識の底では、その訳のわからぬなにものかを欲しているということです。私たちの五感が意識しうる快楽よりも、もっと強く、それを欲しているのです。その欲望こそ、私たちの幸福の根源といえましょう。その欲望がなくなったら、生きるに値するものはなにもなくなるでしょう》（同書222ページ）

ここで福田恆存は、「親子、兄弟、夫婦、友人、そしてさらにそれらを超えるなにものか」を信じることを説いていますが、それこそは「自然への信仰」と言うべきものでしょう。

もちろん「親子、兄弟、夫婦、友人」との関係は、その時と処と立場に即して、私たちが意識的に作り出しているものですが、それを作り出す力、つまり、いついかなるときでも私たちが、私たちの孤独を越えて、他者に梯子（はしご）を架けようとする力は、まさしく、目に見える関係を超えた「自然」の力としか言いようがありません。

もちろん、福田は「そのなにものかを私に規定せよといっても、それは無理」だと言います。実際、私たちを包んでいる「自然」が「全体」の別名である限りで、私たちが、それを規定することはできません。それを規定した瞬間、それは、私たちの目の前に置き据えられた「部分」的なモノと化してしまいます。

では、それは幻想なのでしょうか……。

そうではないでしょう。私たちは、誰に強制されたわけでもないのに、自分の「生き方」に筋を通すために（あるいは、自信を持つために）、敢（あ）えて損な役回りを買って出ることがあります。または、他者との絆を守るために命を投げ出すことさえあるのです。その意味で言えば、「誰でも、無意識の底では、その訳のわからぬなにものかを欲している」のです。

その欲望がなくなってしまえば、私たちに「幸福」の余地はありません。私たちの「生きがい」や「かけがえのなさ」は、すべて「交換可能なもの」に取って代わってしまうでしょう。

だから、あとは私たちが、どれだけ「勝ち」や「お金」の意匠に囚われずに、「自然」に対して素直になれるのか、正直になれるのかということにかかっています。己の内部（いのち）から聞こえてくる「おのずから」の力に即して、「みずから」の一歩を踏み出すこと、それによって自分の「生き方」を守ること。それは有機体としての個人から、有機体としての国家までを貫く一つの真理です。

最後に、繰り返しになりますが、福田恆存の「近代知識人の典型清水幾太郎を論ず」（昭和55＝1980年）のなかにある、私の大好きな言葉を紹介して、この講義を終わりにしたいと思います。

《国家もフィクションなら、人格もフィクションだと言つた、勿論、それは「拵へ物」の意味ではない、「拵へ物」には違ひないが「創造物」であり「建造物」である。人工品だからといつて、法隆寺を軽視する謂はれはあるまい。問題は、すべてはフィクションであり、それを協力して造上げるのに一役買つてゐる国民の一人、公務員の一人、家族の一人といふ何役かを操る自分の中の集団的自己を、これまた一つの堅固なフィクションとしての統一体たらしめる原動力は何かといふ事である。それは純粋な個人的自己であり、それがもし過去の歴史と大自然の生命力に繋がつてゐなければ、人格は崩壊する。現代の人間に最も欠けてゐるものはその明確な意識ではないか》（福田恆存「近代日本知識人の典型清水幾太郎を論ず」、福田恆存『国家とは何か』文春学藝ライブラリー所収、325～326ページ）

全編を通じて長い講義となりましたが、私の言いたかったことは非常に単純なことです。すなわち、己の「自然」を取り戻すこと、たったそれだけのことを、手を替え品を替え繰り返してきたにすぎません。この「真理」を一人でも多くの方に届けられれば、それに越した喜びはありません。ご清聴、ありがとうございました。

[著者略歴]
浜崎洋介（はまさき・ようすけ）
1978年生まれ。文芸批評家。京都大学経営管理大学院特定准教授。雑誌『表現者クライテリオン』編集委員。東京工業大学（現：東京科学大学）大学院社会理工学研究科価値システム専攻博士課程修了。博士（学術）。
著書に『ぼんやりとした不安の近代日本』（ビジネス社）、『福田恆存 思想の〈かたち〉――イロニー・演戯・言葉』（新曜社）、『反戦後論』（文藝春秋）、『シリーズ・戦後思想のエッセンス 三島由紀夫――なぜ、死んでみせねばならなかったのか』『小林秀雄の「人生」論』〈第31回山本七平賞奨励賞受賞〉（以上、NHK出版）など。編著に『絶望の果ての戦後論――文字から読み解く日本精神のゆくえ』（啓文社書房）、福田恆存アンソロジー三部作『保守とは何か』『国家とは何か』『人間とは何か』（文春学藝ライブラリー）など。

テンミニッツTV講義録④
小林秀雄、吉本隆明、福田恆存―日本人の「断絶」を乗り越える

2025年1月1日　第1刷発行

著　者　浜崎洋介

発行所　イマジニア株式会社
〒163-0715　東京都新宿区西新宿2-7-1 新宿第一生命ビルディング15階
電話　03(3343)8847
https://www.imagineer.co.jp/

発売所　株式会社ビジネス社
〒162-0805　東京都新宿区矢来町114番地 神楽坂高橋ビル5階
電話　03(5227)1602　FAX　03(5227)1603
https://www.business-sha.co.jp/

〈装　　幀〉大谷昌稔
〈本文組版〉有限会社メディアネット
〈印刷·製本〉株式会社ディグ
〈営業担当〉ビジネス社：山口健志
〈編集担当〉イマジニア：川上達史

ISBN 978-4-8284-2683-9

本書の「内容」に関するお問い合わせはイマジニアまでお願いします。
support@10mtv.jp

本書の「販売」に関するお問い合わせはビジネス社までお願いします。

テンミニッツTV　浜崎洋介先生の講義

※2024年12月現在

小林秀雄と吉本隆明―「断絶」を乗り越える（全7話）

◆小林秀雄と吉本隆明の営為とプラグマティズムの格率
(1)「断絶」を乗り越えるという主題
◆小林秀雄をより深く理解するための「近代日本小史」
(2)なぜ「批評」は昭和初期に登場するのか
◆デビュー論文「様々なる意匠」小林秀雄の試みと直観の真意
(3)小林秀雄の批評
◆吉本隆明の思想を凝縮した敗戦時20歳の回想「戦争と世代」
(4)純粋戦中世代の葛藤―吉本隆明の「起点」
◆なぜ吉本隆明は60年安保の時に進歩的知識人を批判したのか
(5)吉本隆明の思想――大衆の原像と対幻想
◆江藤淳と柄谷行人、1960年代に彼らが感じた焦燥感とは
(6)小林・吉本以降の批評:江藤淳と柄谷行人
◆小林秀雄“最後の弟子”福田恆存の言葉と日本人の「自然」
(7)改めて問われる、日本人の「自然」

福田恆存とオルテガ、ロレンス～現代と幸福（全8話）

◆小林秀雄から福田和也まで、日本の文芸批評史を俯瞰する
(1)曖昧になった日本人の「自然」
◆70年代以降の大衆化、根こそぎ変わった日本人の「自然観」
(2)日本人の「自然観」の変質
◆『大衆の反逆』でオルテガが指摘した「大衆化」の問題とは
(3)「大衆化」とは何か
◆「一匹と九十九匹と」…政治と文学の関係を問うた福田恆存
(4)福田恆存とは誰か?
◆福田恆存の思想の根幹にあるロレンスの『黙示録論』とは
(5)ロレンス『黙示録論』と人を愛する道
◆自由とは奴隷の思想ではないか…福田恆存の人間論とは
(6)福田恆存の人間論――演戯と自然
◆宮本武蔵「我事に於て後悔せず」の真意と福田恆存の宿命観
(7)日本人の「自然観」
◆福田恆存「快楽と幸福」から読み解く日本人の流儀
(8)幸福論へ――日本人の流儀に向けて